シスターアグネス
小河沙亜耶
南沢まひる
illustration©NEMU KAN-NAZUKI

なでしこ寮へいらっしゃい♥

わかつきひかる

illustration ©神無月ねむ

美少女文庫
FRANCE SHOIN

プロローグ　なでしこ寮の天使たち

二人の女子高生が、フローリングの床の上で抱き合ってキスをしていた。ショートカットの小柄な少女が、同じ制服を着た少女の上になり、押さえつけるようにしてキスをしている。

覆いかぶさっているほうの少女は、メガネをかけたままだった。フチの丸いメガネが彼女の顔立ちを理知的というよりは、とぼけた印象に変えている。

下になっている少女は、ポニーテールに結んだ長い黒髪を白いシーツに流しながら、うっとりした表情でキスを受けていた。

「んっ……ふっ、ちゅるっ……沙亜耶《さあや》ちゃぁんっ……」

ポニーテールの少女の喉から、せつないあえぎ声がもれる。いつもなら強い光を宿してキラキラしている瞳は細められ、覆いかぶさってキスをする美少女をうっとりと見あげている。

彼女らが着ているのは、聖フロリナ学園の制服だ。ブレザータイプで、スカート丈が長く、優雅でクラシックなデザインだ。

身じろぐたびに、そのスカートの裾がめくれ、太腿の裏側や膝小僧がのぞく。濃紺の制服なので白い肌が鮮やかに映《は》え、ヌメリとした光沢を帯びて見える。

「んっ、ん、ふっ……好きよ。好き。まひるちゃん……」

まひると呼ばれたほうが、下になっているポニーテールの少女。背が高く、すっきりした美貌の少女で、ハンサムウーマンという形容詞が似合いそう。女の子たちからお姉様と慕われてしまいそうな、さっぱりした雰囲気がある。

「ちゅぱっ……ちゅるっ……沙亜耶ちゃん。私も好きよ。大好き」

彼女を押さえつけてキスをしている沙亜耶は背が低く、メガネのせいもあって、おっとりした印象だ。だが、この場をリードしているのは沙亜耶だった。

沙亜耶が上級生だから、というだけではない。

静かにドアが開き、笑みを含んだ声が二人にかかった。

「盛りあがってるんだな」

開いたドアに手をかけ、少年が立っていた。女の子みたいなかわいい顔立ちをした少年で、穏やかに笑いながら愛し合う女の子たちを見ている。

男にしては低めの背と、ほっそりした体つきが、彼の印象をよけいにかわいく見せているようだった。

三人とも同じデザインの制服を着ているが、少年はもちろんスカートではなくスラックスを穿《は》いている。ブレザーの裾はかなり長めで、どこか優美なデザインなのは、聖フロリナが元女子校で、女子生徒の制服を元に、男子生徒の制服をつくったことに由来するのかもしれない。

「美樹のバカッ、もう、遅いんだからっ。今、忙しいんだからあっち行ってよっ!!」

「ごめん。実習の後片づけが長引いたんだ」

「もう、まひるちゃん。だめよっ。美樹くんにそんなコト言うの」

沙亜耶がふんわりした口調でたしなめながら、まひるのおでこにちゅっとキスをした。お姉さんっぽい口振りで少年に聞く。

「美樹くん。ごめんね。待ちきれなくてはじめちゃったの。すぐに代わるね。まひるちゃん。もうできあがってるわよ」

「やだぁ。私、沙亜耶ちゃんとキスしてるほうがいいの。だって、沙亜耶ちゃんのキス、気持ちいいんだもん」
「もうッ！　この子はっ!!　悪い子ねっ」

沙亜耶は、下になっている少女の乳房を片手でつかむと、制服の布地越しに、ドアノブをまわすようにしてきゅっとひねった。

「きゃうっ、い、痛いっ、や、やめてぇっ、沙亜耶ちゃぁんっ」

まひるは甘い悲鳴をあげて悶えた。瞳に涙がにじんでいる。いかにも気丈そうな女の子だから、泣きそうに顔を歪め、唇をふるわせているところは、ドキドキするような不安定な魅力にあふれていた。

「まひるちゃん。意地を張るのはやめよう？　ね？　そろそろ、我慢できなくなってる頃でしょう？」

沙亜耶はまひるの身体を手のひらで撫でさすっている。同性ならではのツボを押さえたねちっこいペッティングに、まひるの身体がぴちぴちと跳ねる。

「は、はいっ。欲しいですっ。も、もう私、美樹のチ×ポが、欲しくて欲しくて苦しいです」

まひるは、麻薬患者さながらの口調で言った。

「ふふっ、すぐだから待ってなさいな」

沙亜耶は、まひるの上から身体を起こすと、美樹の下半身に取りついて、前立てのなかから取りだしたペニスにしゃぶりついた。

「ウッ……さ、沙亜耶さんが、ま、まさか、こんなふうになるなんて、お、思わなかったよ……」

「もう、美樹くんが悪いのよ」

まひるが上半身を起こし、沙亜耶の横に膝をついてうらやましそうな顔をしている。

「舐めてもいいのよ」

沙亜耶が言うと、まひるはパッと顔を輝かせ、おずおずと舌を這わせた。だが、遠慮していたのははじめだけで、口のまわりをよだれまみれにしながら、熱心に舌を這わせてくる。

「ちゅぱっ……ちゅぱちゅぱっ……あぁん、美樹のオチン×ン……おいしい……」

「ふふっ。まひるちゃん。エッチなんだから……」

二人は競い合うようにしてフェラチオをしはじめた。やさしげな雰囲気のメガネの上級生と、ポニーテールがさわやかな凜々《りり》しい美貌の同級生。

タイプの違う二人の少女のダブルフェラに、女の子みたいな顔立ちの少年のペニスが、凶暴なほどに勃起していく。

「うまくなったな。まひる……エッチになった……」

「もう、私を変えたのは美樹でしょっ！」

気丈なまひるは、甘いキスやペッティングに理性を溶かされていながらも、ツンツンと怒ってみせることをやめようとはしない。拗《す》ねて唇を尖《とが》らせるところがかわいい。

「そうね。私も、美樹くんに変えられちゃった。私ははじめ、美樹くんを女の子だと思っていたのにね」

沙亜耶は、ふふっと淫靡《いんび》に笑った。

I 乙女の花園へ迷いこんだ子羊クン

聖フロリナ学園なでしこ寮は、食後のくつろぎタイムの最中だった。

寮母のシスターアグネスは、食卓に向かいながら、寮日記にボールペンを走らせているし、当番の南沢《みなみざわ》まひるは制服にエプロンという格好で流し台に立ち、汚れたお茶碗を洗っている。城島《じょうじま》美樹《みき》は制服のままで、バイエルを見ながらオルガンの練習をしていた。

古めかしいオルガンは調律がゆるんでいるせいもあり、美樹が弾く練習曲は、調子がかなりはずれていて、寮の空気をのどかなものにしている。

「あれっ。おかしいな……」

美樹の口から、かわいらしい外見を裏切るハスキーな声が出た。さらさらショートカットがさわやかな、少年めいた凜々《りり》しい顔立ちの女の子だ。

丈の短いブレザーと裾の長いフレアースカート、白いブラウスにウエストのくびれたベスト、赤いリボンタイに丈の短いブレザーという聖フロリナ学園伝統の制服が、ほっそりした体つきによく似合っている。

「えっと、そうだな……最初からやってみたほうがいいかも」

美樹はひとりごちると、バイエルをめくって戻り、もう一度初めから弾きはじめた。練習曲がたどたどしく流れる。

美樹が弾くオルガンは、お世辞にも上手ではなかった。この春からレッスンをはじめたばかりの初心者だから当然とはいえ、いちいち楽譜を確かめながら鍵盤を叩いているので、リズムが遅れてしまいがちになる。

「美樹。ドドレじゃなくてドファミでしょ」

まひるが、洗いあげたお茶碗を布巾で拭きながら、顔だけをめぐらせて声をかけた。

ポニーテールに結《ゆ》わえた髪が、制服のブレザーの肩の先で揺れ、制服の上につけたエプロンが白く輝く。キラキラとした瞳が、いかにも気の強そうな女の子だ。きゅっと結んだ唇も、整った鼻筋も、美少女という形容がふさわしい。

「ドファミ……あっ、ほんとだっ」

「美樹ってほんと音感ナイよね。オルガンができなきゃ、単位、取れないよ。どうすんの？」

まひるは、辛辣《しんらつ》な口調で言ってのけた。幼なじみで遠慮がないとはいえ、まひるの言葉は正鵠《せいこく》を射ているだけにきつい。

美樹はふうっとため息をついた。まひるにではなく、情けない自分に対してため息が出てしまうのである。

美樹は、聖フロリナ学園高等部幼児教育科の一年生だ。夢は保育士になって保育園に就職すること。

幼児教育科のある高校は、そう多くない。女子校や女子大ならまだしも、共学の高校だと全国でも数えるほどだ。

聖フロリナは、かつてはカトリック系の女子校だったが、数年前から共学になり、校風がかなり自由になったと聞いて入学を決めた。

遠方のため、寮暮らしをしてまで美樹がフロリナに通っているのは、卒業と同時に保育士免許がもらえるだけではなく、全国にいくつもある聖フロリナの関連保育園に優先的に就職できるからである。

「うん。がんばるよ。保育士は僕の夢なんだから」

自分に言い聞かせるようにして握り拳を作ったとき、やわらかな声が美樹にかかった。

「いちいち譜面を見ながら鍵盤を叩いてるからリズムが狂うのよ。暗譜《あんぷ》したほうがいいわ。私がやってみましょうか」

シスターアグネスが食卓を立った。

黒いシスター服の長い裾がしとやかに床を掃きながら、美樹のほうへと近づいてくる。そして、彼女は、椅子の背に手を置いて言った。

「代わってくださる?」

「はい。シスターアグネス、お願いします」

美樹は、席を立ち、オルガンを寮母に譲った。ふわっと甘い匂いが漂った。コロンとかではない。体臭とフローラルシャンプーの匂いだ。

髪を黒いスカーフで隠した彼女は、化粧っ気がないにもかかわらず、しっとりした美しさを持っていた。ストイックな服装が、よけいに彼女の神秘的な美しさを引きたてているように見える。

彼女は、音もなく椅子に座ると、鍵盤に指を当て、オルガンを弾きはじめた。調律が狂った年代もののオルガンから、練習曲がなめらかに流れる。美しい旋律は、弾く人が違うだけでこうも違うのかと思うほどの見事さだ。

――シスターアグネスっていくつなのかな。

黒いシスター服に体形を隠した彼女は、大人の女性らしい落ち着きを漂わせているが、笑顔はまるで十代の少女のようにぴかぴかしている。

三十代のようにも見えるし、二十歳《はたち》をいくつか出たばかりのようにも思える。

外見こそかわいらしいが、保育園実習の指導教官であり、なでしこ寮の寮母であり、さらに看護士の免許も持っているというベテラン教師だ。

まひるがお茶碗を拭きながら、ハミングをしはじめた。美樹も一緒になってハミングする。シスターアグネスも、音楽に合わせて身体を揺らし、楽しそうに笑いながら、ハミングをはじめた。

美樹のややハスキーな声と、寮母のアルト、まひるのメゾソプラノが重なって、まるで音楽会のようになった。

バンと音をたててリビングのドアが開き、穏やかな時間が破られた。音楽がとまる。

「ねえっ、ちょっと聞いて……。ひどいのよ……」

ドアの前に少女が立っていた。

全裸だった。両腕で胸を抱き、白いタオルを前に垂らし、身体の前面を隠している。

彼女は寒そうに身体をふるわせていた。水に濡れたせいで、よけいに輝きを増したショートカットの髪から水滴が滴《したた》っている。フチの大きな丸いメガネが、彼女の印象を理知的というよりは、とぼけたものにしている。

濡れたタオルはあまりにも細く頼りなく、目隠しの役目を果たしていない。おへソのクボミや、恥丘の翳《かげ》りまでもが透けて見える。

美しい曲線で象《かたど》られた身体の線は丸見えだし、クロスしている腕の上から、乳房がこぼれそうになっている。

水に濡れた彼女の身体は、白熱灯の下で白く輝き、全裸でいるより扇情的な格好になっている。

「シャワー、水しか出ないの……。ひどいわ……」

雨のなかの子猫のように全身をふるわせている彼女は小河《おがわ》沙亜耶《さあや》。幼児教育科の二年生だ。

美樹がひいっと悲鳴をあげ、背中を向けた。

とっさに顔をそむけたものの、上級生の白い身体が脳裏にちらつき、悩ましいことこのうえない。節操のない下半身が反応し、スカートの前を押しあげる。

——落ち着け、落ち着け、落ち着けっ、僕ッ!!

美樹は両手で顔を覆い、イヤイヤをした。入学して一カ月しか経ってないのに、ナチュラルに女らしくなっている自分に、自己嫌悪に陥る余裕もない。

さっきまでお風呂に入っていた沙亜耶の、ほっこりした体温とボディシャンプーの甘い匂いに煩悩《ぼんのう》が荒れ狂い、体中の血液が沸騰《ふっとう》する。毛穴という毛穴から血が噴きだしてしまうのではないかと思うほどだ。

「あらあら。どうしましょう。修理を呼んだほうがいいのかな。沙亜耶さん。早くお風呂に戻りなさいな。風邪をひくわよ」

シスターアグネスがおっとりした口調でつぶやきながら席を立ち、剝きだしの沙亜耶の背中を軽く叩いた。

「シャワーだけなの？　まひるさん。さっき、お茶碗洗ったとき、お湯は出た？」

「お湯、使ってなかったから、わかんないです」

年代物の茶簞笥《ちゃだんす》にお皿を片づけながらまひるが答え、タオル一枚の沙亜耶が口を挟む。

「さっきまで普通だったのに、なんかいきなり水になりました」

「私、ちょっと外の給湯機を見てきますね」

なでしこ寮は、築二十五年だか三十年だかの、古くてボロボロの木造建築だ。二階

建てで、一階は共有スペース。リビングと礼拝室、お風呂と台所、洗面所とトイレがある。

礼拝室とはいうものの、納戸に簡素な祭壇《さいだん》をしつらえ、マリア像を置いただけの簡素なものだ。

二階には二人部屋が三つ。そのうち一部屋を寮母のアグネス、もう一部屋を美樹と沙亜耶、さらにもう一部屋をまひるが一人で使っている。

食事は民間の給食センターからおかずを宅配してもらっている。ご飯は当番が炊飯器で炊く。寮という名が恥ずかしいほどのささやかな施設だ。

時代の変化に伴い入寮者が減っていて、今では聖フロリナの寮はここだけだ。まひると美樹が入寮したため、閉鎖が延期されたといういわくつきの建物である。

シャワーの温度がおかしくなることはしょっちゅうで、床が抜けたりドアが取れたりするたびに、シスターがトンカチをふるって修理する。

沙亜耶とシスターアグネスが退出し、リビングに静寂が立ちこめた。

両手で顔を覆い、前屈みになって恥じらっている美樹と、セーラー服にエプロン姿のまひるが残される。

まひるがティッシュの箱を差しだした。

「はい」

「ぼ、僕は、そ、そのっ、ティッシュなんて、い、いらないっ」

美樹は顔を真っ赤にさせて右手を顔の前で小刻みに振る。

スカートの下で、美樹の下半身は充血して勃起し、収まりそうな気配を見せない。

だからといって女子寮でまさか自家発電なんてできるわけもない。

「僕、僕ッ、自分で、な、なんとか、するからっ、そ、そのっ、……なんてできないし……」

美樹はまるで腹痛を起こしたかのような感じで、下腹を片手で押さえ、体を縮こまらせた。

美樹はX性染色体とY性染色体をひとつずつ持つＸＹだ。はっきり言ってしまうと、彼女ではなく彼であり、れっきとした男である。

聖フロリナ伝統のクラシックな制服がどれほど似合っていようとも、女よりも女っぽい顔立ちをしていようと、仕草がどれほど女らしかろうと、彼は少年なのである。

「なにをバカなことを言ってるのよ!?　私はあんたの鼻血をなんとかしろって言ってるの!!」

まひるの声が、すごんでいるような迫力を帯びて聞こえてくる。

「えっ？」

言われてはじめて気づいた。リビングの床に、点々と鼻血のあとが滴《したた》っている。

「今日の当番、私なのよ。シスターアグネスが戻ってくるまでに、掃除してよねっ!!

ヘンに思われるわよっ。私、床掃除なんかしたくないんだからっ!!」

まひるが制服のウエストに手を置いて、ぷんすかと怒っている。もう白いエプロンは取っていて、聖フロリナ伝統のクラシックな制服がよく似合っていた。

「わ、わかった。ご、ごめんっ」

鼻の穴にティッシュをつめ、四つん這いになって床に滴った血のあとをティッシュで拭いていく。

——よかった。収まりそうだ……。

単純作業に気がまぎれたのか、興奮が次第に収まってくる。ペニスの勃起が収まるのも、もう間もなくのことだと思われた。

そのとき、バアンとドアが開いた。

「もうひどいのよっ」

沙亜耶だった。バスタオルを身体に巻きつけているため、まるでミニワンピースをまとっているように見える。

バスタオルの裾から、すんなりと伸びた長い脚がのぞいている。

「今度は熱湯になっちゃった!!」

美樹は、反射的に顔をあげた。

バスタオルのなかが見えた。

すべすべの太腿と、太腿のあいだの赤黒い翳《かげ》り……。

はっきりは見えなかったが、ヨーグルトのような、わずかに酸っぱみのある甘い匂いに悩殺されてしまう。

身体中の血液が沸騰《ふっとう》し、頭からプシュッと音をたてて湯気が出る。

美樹は盛大に鼻血を噴きだしながら、その場にひっくりかえった。

☆

物語は、一カ月前のある朝まで遡《さかのぼ》る。

美樹が手の甲で目をこすりながら、リビングの部屋のドアを開けたときのことだった。

「入寮おめでとーっ」

パンパンとクラッカーがはじけ、紙テープと紙ふぶきが宙を舞う。

美樹は、髪にかかった紙テープを取ろうともせず、テーブルに乗ったサンドイッチと鶏《とり》のからあげ、コーラのペットボトルの向こうに並ぶ女の人たちをぼんやりと見た。

寮母と二人の寮生が、新しく入寮してきた美樹を歓迎してくれている。それはわかる。わかるのだが。

——なんでまひるがいるんだ？　そ、それに、あの上級生、女の子だ。寮母って、まさか住みこみなのか。

テーブルに両手をついて上半身を乗りだしているのは幼なじみの南沢まひる。たまたま同じ進路を選んだ彼女は、美樹よりも数日早く女子寮に入寮すべく旅立っていった。その彼女が、なぜか男子寮であるはずの、なでしこ寮の新入生歓迎の席にいる。

その横でクラッカーを持って無邪気な笑顔を浮かべているのはシスターアグネス。黒いスカーフで髪を隠し、黒いワンピースの上に白い丸襟、胸に十字架をかけたシスター服を着ている。

昨日、自宅を出てなでしこ寮へと向かう途中、架線事故で電車内に三時間も閉じこめられ、あげくに道に迷ってしまい、深夜の一時半にようやくのことで到着した彼を起きて待っていてくれた。

シスターアグネスに部屋に案内してもらった美樹は、服のままでベッドの下段に倒れこみ、こんこんと眠った。疲労と睡魔と安堵《あんど》で判断力が落ちていた彼は、シスターを通いの寮母さんなのだと思っていた。

いちばん右にいる女の子ははじめて見る子だ。さらさらのショートカットの髪をした彼女は、下がり気味のやさしい瞳が印象的な美少女だ。大きな瞳がうるんでいるように見える。

——もしかして、ここって女子寮!? まさか、僕、男だよっ!?

美樹は青くなった。学校に提出する書類はすべて、男性にマルをつけて提出した。元は女子校だったとはいえ、聖フロリナ学園は今、間違いなく共学だ。だからこそ、男性の美樹が入学を許可されたはずだった。

——うわぁぁああ。僕、女の子に間違えられたんだ。どうしよう。どうしたらいいんだろう。

美樹という名前は、祖母がつけてくれた名前だが、女の子に間違えられることがよくあった。

男にしては背も低いし、顔立ちが女の子みたいだと言われたこともある。小さな手がかわいいと言われたり、街角で男にナンパされたこともある。

だけど、彼は、女のフリをしたことなど一度もない。今だってジーンズにトレーナーという普段着だ。

——ヘンだと思ったんだ。いくら学校の名前が花《フロリナ》でも、なでしこ寮なんて名前、男子寮なワケないじゃないか。なんで僕、今まで気がつかなかったんだ。

「こちら城島美樹さんです。これからみなさんの仲間になります。よろしくね」

寮母が美樹を紹介してくれているが、意外すぎるなりゆきに、思考回路が働かない。

美樹は顔をひきつらせたまま固まっていた。

「あらあら。内気さんね。紹介します。こちら小河沙亜耶さん。同室ですね。二年生です」

——同室？　あっ。そうか。二段ベッドの上に寝てたの、この子なんだっ。

昨夜部屋に案内してくれたシスターアグネスが、上級生がベッドの上の段で眠っているから起こさないであげてと言っていたことを思いだす。

「こちら南沢まひるさん。二日前に到着したの。一年生よ。三人とも幼児教育科ね。私は寮母のシスターアグネスです」

寮母は無邪気に会釈《えしゃく》した。

美樹もつられて頭《こうべ》を垂れる。ハタと気づいた。

──小河さん、僕と同じ部屋でひと晩過ごしたってことになるんだぜ？　シスターアグネスの責任問題に発展するかも。

スッと目の前が白くなった。コトは、美樹だけの問題ではない。

「城島さん。自己紹介をなさってくださる？」

美樹は、とっさに笑顔をつくった。女の子っぽく見えるように両手を体の前で組み、小首を傾《かし》げる。

「城島美樹です。保育士になりたくてフロリナに進学しました。よろしくお願いします」

頭をさげると、温かい拍手が美樹を包んだ。シスターアグネスと美少女上級生の沙亜耶は、やさしげに目を細めて美樹を見ている。美樹を信頼しきっている表情だった。まひるだけが、怖いものでも見るような表情で美樹をにらんでいる。

──うわあぁああっ。ぼ、僕、どうなるんだっ……。

美樹は内心で冷や汗を流していた。

☆

「美樹っ！　ちょっとこっちに来なさいっ」

「いたっ、痛いよっ。まひるっ!!」

「いいからっ。早くこっちへ来なさいってばっ」

新入生歓迎会が終わるなり、まひるが美樹の耳を引っ張りながら、裏庭へと連れていった。まひるは怖い顔をして腕組みをしながら、美樹を問いつめていく。

「美樹ってば、いったいどうするつもりなのっ!?」

「僕のほうが聞きたいよっ。どうしてみんな、僕を女だと思うんだよっ!?」

「沙亜耶ちゃんはメガネを修理中なのよ。乱視と近視と遠視なんだって聞いたわ。シスターアグネスは天然よ。沙亜耶ちゃんも天然だけど、シスターのほうがずっと上よ。二人とも、頭にお花が咲いているの。それに、美樹ってかわいいから、知らない人が見たら女の子だと思うかも」

幼なじみのまひるの言葉がぐさっと胸をえぐる。男心をキズつけられた美樹は、ムリヤリ笑顔を浮かべた。

まひるが、ふうとため息をついた。

「そんな泣きそうな顔をするんじゃないわよっ!! これは事務局の間違いね。私、新しく入寮してくる子は一年の女子だって聞いてたもん。美樹、いったいどうするつもりっ!?」

「男だって、い、いまさら、言えないよっ。だって、小河先輩にもシスターアグネスにも迷惑をかけてしまうじゃないか。まひるにも悪いだろ。だって、男と一つ屋根の下でひと晩過ごしてしまったんだぜ」

「まさか、このまんま、女のフリをして過ごすワケじゃないでしょうね?」

――ああ、そうか。その方法があったんだ……。

美樹は、ぽん、と膝を（心のなかで）打った。まひるの言葉は、まるで天啓《てんけい》のようだった。美樹が女のフリをすれば、なんの問題もないではないか。

「うん。そうする。僕、保育士になりたいんだ……。男子を受け入れてくれる学校、他にないし」

美樹が保育士を志したのは、中学の総合学習の時間に、保育園実習に行ったことがきっかけだった。

――てめーはよ、だからよっ、ごるぁあぁっ。

乱暴な言葉を使っていた年長さんの男の子と一緒に遊ぶうちに仲よくなり、お昼寝の時間に「お兄ちゃん背中トントンして」とせがまれた。

お昼寝布団にうつ伏せになった男の子の背中をトントンしていたら、男の子は安心したように眠りこんだ。粗暴な子供なのに、寝顔のかわいさは一級品だった。担当の保母さんから、この子は母子家庭で淋《さび》しいのだと聞かされた。

そのとき、美樹は保育士になろうと決意した。父子家庭だった美樹は、保育園で育ったようなもので、保母さんたちが好きだった。

保父さんになって、子供の世話をしたい。保母さんたちとは違う形で子供に関わっていきたいと考えた。いい加減な気持ちでは決してない。

「わかったわ」

まひるはふうっとため息をつきながら言った。

「私がサポートしてあげる」

「えっ？」

「女の子のフリをするためのサポートよ。美樹がいくら女っぽいとはいえ、下着はどうすんのよ？」

「下着なんて、そ、そんな、か、考えてないよ……」

「一緒に住むんだよ？　ブリーフやトランクスを洗濯したら、イッパツでばれちゃうわ。美樹に合うサイズのショーツを探してくるから、男の下着は捨てるか家に送るかして。ニセ乳もつくらなきゃいけないわね。私のブラジャーじゃアンダーが入らないよね。ブラも買ってくるか。CとかDとかだと不自然だから、Bぐらいが自然かもね」

まひるは、顎に手を置いて考えこんでいる。

幼なじみの口から出るショーツだのトランクスだのブラジャーだのという言葉にドキドキする。

「まひる。僕、僕、ブラジャーをつけなきゃいけないのか？」

「ったりまえだろっ!!　女のフリをするんだよ!!　女装するのに、胸がまったいらだとおかしいだろっ」

まひるは、どちらが男なのかと思うような口調で叫んだ。

――そっか、女装か……僕、いったい、どうなってしまうんだ……。

腕組みをして、ツンと顎をあげるまひるの前で、美樹は両手で顔を覆い、力なく座りこんだ。女物のショーツとブラをつけるなんて、考えただけで卒倒しそうだ。

☆

黒いシスター服に身体を包んだ先生が、教壇《きょうだん》に立って授業をしている。

「これをパーセンタイルといい、成長曲線です。普通の児童の体重と身長は、このグラフの内側に入ります。これだけ幅があるわけだから、大きい子もいれば、小さい子もいるわけだけど、それは個人差なのよ。上下値と平均値の三つは暗記してくださいね。保育実習のとき、役に立ちますから」

――うわぁ。覚えることがいっぱいだぁ……。

美樹は、授業の大変さにため息をついていた。

声楽にピアノ、保育課程に加えて、数学や国語、英語に化学といった高校の授業もある。さらに加えて、あと少しで併設のひまわり保育園での保育実習もはじまる。目がまわるほどの忙しさだ。

まだ学校がはじまって一カ月ほどなのに、密度の高い授業がつづき、女子生徒たちは皆真剣な顔をしている。斜め前の席に座るまひるの、キラキラした瞳が美しい。

聖フロリナは、校名に花を冠しているだけあって、学舎内は女子生徒たちの甘い匂いに満ち、さながら花園のようだった。

共学になったとはいえ、元女子校だけあって、九割までを女子が占め、残りの一割の男子は特別進学コースと普通コースに集中している。児童教育課程は、各学年に一クラスがあるだけで、クラス全員が女だった。

「赤ん坊は生まれて三カ月で、体重がほぼ倍になるわけなの。七カ月目で体重の増加率は落ち着くので、倍々で増えていくわけじゃなく、具体的な数字を……あらっ。いやだわ。私、プリントを忘れてきたみたい。日直さん。誰ですか?」

――あっ。僕、日直だったっけ。

美樹は片手をあげた。

「はい。僕です」

「職員室の私の机の上にプリントがあるので取ってきてくださいね」

「わかりました。行ってきます」

「お願いしますね」

美樹は、しずしずとドアを開けて廊下に出た。両手でドアを閉め、しとやかな仕草を心がける。

のんびりした校風とハードな授業、さらに美樹の演技力のせいもあり、まだ彼の正体はばれていない。先生も生徒たちも、全員が美樹を女だと思いこんでいる。

女のフリをするなんてムリだと思っていたが、服装の魔力のせいなのか、ナチュラルに女らしくなっていた。

「はあ」

廊下に出た彼は、大きなため息をついた。寮でも学校でも、気を抜くスキがぜんぜんない。

――あれっ。

廊下に女子生徒が座りこんでいた。腹痛か貧血を起こしたみたいに、両腕でお腹を抱き、顔を伏せている。

「あっ。あれっ。小河先輩っ」

同室の小河沙亜耶だった。メガネをかけた顔は真っ青で脂汗《あぶらあせ》が浮き、いかにも苦しそうだ。

「美樹くん……どうしたの？　授業は？」

「僕は先生に頼まれて職員室にプリントを……それより先輩はどうしたんですか？」

「ん、わかんない。風邪かも。気分がね、ちょっと」

「授業は？　つき添いは？」

「保育実習中よ。迷惑はかけられないもん……きゃあっ」

起きあがろうとしてふらついた彼女を抱きとめると、沙亜耶の顔が真っ赤になった。

聖フロリナの女子生徒二人が抱き合っている図は、知らない人が見たら同性同士がキスしているように見えるだろう。

沙亜耶は恥ずかしそうに目を伏せた。メガネの奥で長いまつげが桃色に染まった頬に影を落とし、ドキンとするような不安定な魅力をかもしだす。

「保健室に行きましょうっ!!」

「それがね、保健室、先生がいないの。職員室に行って、早退するって言おうとしたの」

「じゃあ、寮に帰って寝ていたほうがいい！　シスターアグネスが看《み》てくれます。僕が連れていってあげますから」

美樹は、沙亜耶をお姫様だっこで抱きあげた。

「きゃっ、だめよっ。美樹くんっ、そんな、悪いよっ」

沙亜耶がびっくりしてごちゃごちゃ言っているが、美樹は無視して上履きのままで校舎裏から門の外に出た。

聖フロリナからなでしこ寮まではわずか五分で到着する。沙亜耶は、困ったようなうれしいような表情で美樹を見ている。真っ赤に染まった耳と真っ白なうなじが、かわいらしいお色気を感じさせた。

「ごめん。私、重いでしょ？」

「重くて重くて腕が抜けそうです〜。僕はもうふらふらだぁ〜」

冗談にまぎらわせると、沙亜耶がくすくすと楽しそうに笑った。まるで花がこぼれるような笑顔だ。

――よ、よかった。笑ってくれて……。

ほんの一瞬立ちこめた淫靡《いんび》な空気がなくなってほっとする。沙亜耶の温かい身体に触れて、節操のない下半身は反応しているが、この程度ならなんとかなる。

寮まで戻ってくると、窓が開いていることに気がついた。ドアに手をかけるとあっさりと開いた。

「あれっ。鍵、開いてるじゃないか。シスターアグネス？　いらっしゃいますか？」

シスターアグネスが、タオルで手を拭きながら奥から出てきた。洗い物をしていたらしかった。沙亜耶を抱いている美樹を見て不思議そうに小首を傾《かし》げている。

「降ろして、は、恥ずかしいよ……」

沙亜耶が美樹の腕のなかで身じろいだ。女装少年は、メガネの上級生をそっと玄関に降ろした。

「美樹くん、どうしたの？」

「シスターアグネスこそ」

「今は授業がない時間なのよ」

シスターアグネスは非常勤だと聞いた。寮母だから、授業のないときは寮に戻るようにしているのだろう。

「よかった。小河先輩、気分が悪くなったんです」

「あらあら、だいじょうぶなの？　顔色が悪いわね。熱を測りましょう。部屋のなかに入りましょう。症状をおっしゃって」

シスターアグネスは、沙亜耶の背中を軽く叩くと、顔を覗きこむようにして言った。

――これでもうだいじょうぶだな。

「じゃあ、僕、授業に戻りますっ!!」

美樹は、ばさついて邪魔なスカートをめくりあげると、学校に向かって全力疾走した。お上品とはとても言えない後ろ姿を、シスターアグネスがぽかんとした表情で眺めている。

☆

「シスターアグネス。小河先輩の具合はどうですか？」

美樹は、生ゴミの袋の口を縛りながら、リビングに降りてきた寮母に聞いた。黒衣のシスターは、体温計を振って水銀柱をさげている。

「ただの風邪よ。薬を飲ませたし、たいしたことないから、明日あたり熱がさがるんじゃないかしら」

シスターアグネスがそう言うならだいじょうぶだろう。

「よかった。心配するほどのことはないんですね？」

「あれっ。美樹くん、今日って当番だったかしら？」

「小河先輩と代わったんです」

「そうなの。お疲れさま」

テレビを見ながら食卓で宿題をしているまひるが、ちらっと美樹を見た。妙な表情を浮かべている。視線が合ったが、まひるはキッと美樹をにらみつけると、ツンと顎をあげて顔を逸《そ》らした。

——なんなんだ？　まひる、今日は特別に機嫌が悪いな……。僕、なんか気に障《さわ》るようなことをしたっけか？

まひるとは幼なじみで、一緒に遊んだ仲だ。保育園も小学校も中学校もずっと一緒で、気心の知れた仲だと思っていた。だが、中学の頃ぐらいから、美樹につっかかるというか、ツンケンした態度を取るようになってきた。

それでいて、一緒の通学は変えないし、なにくれとなくかまってくるのも前のままだ。キツイようでいて親切で、やさしいかと思うと冷淡だ。さっぱりわけがわからない。

美樹は、生ゴミの袋を持って裏庭に行き、ゴミ箱のなかに放り入れた。

☆

「美樹くん。起きてる？」

うとうとしていた美樹は、ベッドの上段からかかった声に生返事をかえした。

「う、うん、う……お、起きてます」

「もしかして、私、起こしちゃった？　今、何時かな？　私、当番だったよね」

「あ、それ、僕がやりました」

「えっ？　ほんと。ごめんね」

とうに深夜を過ぎて真っ暗な部屋のなか、今まで気づかなかった甘い匂いがくっきりと香ってきた。風邪のせいで体臭が濃くなっているのだろう。美樹は、無意識に深呼吸をした。

「小河先輩、体調はだいじょうぶですか？」

「そうね……」

――元気がないなぁ。

覇気《はき》のない声だなと思っていると、ギシッとベッドがきしみ、寝返りを打つ気配がした。嗚咽《おえつ》が聞こえてくる。うつ伏せになってしゃくりあげている様子が、ビジュアルとして浮かびあがってくる。

「ぐすっ……ひぃん……しくしく……」

「ど、どうしたんですか？」

「な、なんでもないの……淋《さび》しいだけ……家に帰りたいな……お母さんのおうどんが食べたい」

――小河先輩、ホームシックになってるんだな。風邪で気弱になってるから当然かもな……。

「次の休みに帰ったらどうですか。あっ。遠いんでしたっけ。うどんなら、明日、僕がつくってあげますよ。電話をするとか」

「十円玉がいっぱいいるもの」

フロリナはケータイの持ちこみが禁止だ。寮生が使えるのは古めかしいピンク電話だけだ。カードも使えないので、十円玉が山のようにいる。

「十円玉なんて、僕が両替してきますっ!!」

「うん。ありがと……美樹くんってお……みたい」

「えっ!! な、なんですか?」

男みたいと言われたような気がして、心臓が飛び跳ねた。

「オスカル様みたいって言ったのよ。知ってる? 子供の頃にやっていたアニメなの。再放送だったのかな。私、好きでずっと観てたわ」

「あ、はい。知っています。男装の麗人ですよね」

バラと金髪巻き毛と大きな目に光る星と、声優さんの演技過剰な絶叫が暑苦しい、デコレーションケーキみたいにお腹にもたれるアニメだったという記憶がある。

「そうよ。美樹くんってすごく綺麗なのに、カッコよくって凛々《りり》しいんだもの。オスカル様みたいよ。私を運んでくれてありがとう」

「えっ、い、いえ……その」

美樹は照れて口ごもった。

無我夢中だったので、興奮する余裕はなかったが、背中と膝にまわした腕に、沙亜耶の体温と感触が残っている。

「ねえ、そっち行ってもいい？」

「えっ、ええっ？」

おろおろしているうちに、ベッドがギシリと鳴り、真っ白な足がはしごを降りてきた。

沙亜耶の着たパジャマの花模様が、視界いっぱいにひろがって、暗がりに慣れた目に綾《あや》だ。

沙亜耶は、ごそごそと布団のなかに潜りこんできた。風邪のせいで汗ばんだ熱い身体が思わぬなりゆきにどぎまぎしている美樹の体に密着する。

沙亜耶がきゅっと抱きついてきた。乳房の谷間が美樹の右腕を挟みこみ、脇腹に沙亜耶のお腹が密着する。かわいらしい膝小僧が太腿を押す。

「やっぱり狭いね」

「えっ、ええっ。そうですねっ」

声がうわずってしまう。美樹はあお向けになったままで固まった。甘酸っぱい匂いと、腕に当たるぷにぷにの乳房の感触、パジャマ越しに感じるヌクヌクの体温がたまらない。

――うわっ。ノーブラだぁっ。小河先輩っ。おっぱいでっかいっ。

ひとつ布団で女の子と一緒なのだ。健康な少年には、興奮するなと言うほうがおかしい。

――ぼ、僕、どうしたらいいんだっ。

逃げたくとも、沙亜耶が入り口側に寝ているので起きあがることができない。仮に起きたとしても、いったいどこに逃げればいいのだ？　美樹が暮らす場所はここだ。家に帰るには、いやになるほど電車を乗り継がなくてはならない。

――小河先輩が寝たら、上の段に行こう。

「ふふっ。あったかい。美樹くんと一緒のお布団ってなごめちゃうな……」

沙亜耶は、美樹の目を見ながらしあわせそうに笑み崩れた。アップで見た沙亜耶はかわいらしかった。

とぼけた印象を受けるメガネがないぶん、沙亜耶の美少女ぶりが強調されているようだった。窓から射しこむ月明かりに頬のうぶ毛が金色に輝く。

「私、美樹くん、好きだなぁ……」

「ぼ、僕も好きですよ」

「じゃあ、沙亜耶って名前で呼んで」

「沙亜耶さん」

「ふふっ。まるで愛の告白みたい」

——あっ、愛の告白ぅっ!!

美樹はどぎまぎと顔を逸《そ》らそうとしたが、沙亜耶と目が合ったまま、視線を切ることができなくなった。

——なんなんだっ。これはっ、この展開はぁっ!?

沙亜耶は美樹を好きだと言った。だが彼女は、美樹を女だと思いこんでいる。

——百合《ゆり》かよぉっ!?

うるんだ大きな瞳が、独特の情感をたたえて彼を見ている。想像以上の破壊力だった。沙亜耶の乳房が密着してから興奮しっぱなしの男根が、ギンギンに硬くなる。

——ど、どうしよう……。僕、我慢できないかも……。

沙亜耶の手が、美樹のお腹に当たっている。その手があと三十センチ下にさがるとペニスに当たる。下腹の筋肉がピクピクする。美樹はどうすることもできず荒い息をつくばかりだ。

ふと気づくと、すうすうと寝息が聞こえてきた。沙亜耶は安心しきって眠ってしまったらしかった。

——よ、よかった。

ベッドの上段に行こうとして身じろいだところ、んっ、と小さな声をあげて、沙亜耶が寝返りを打った。ゴムマリみたいな乳房が美樹の腕をぷるりんと押しながらはずれ、うつ伏せになる。

沙亜耶の小さな手が、美樹のペニスのすぐ上に乗っている。あとほんの数センチなのに、その数センチが動かない。

ベッドを移動することなんてとてもできない。少しでも体を動かすと、トランクスにペニスがこすれる刺激で射精してしまいそうだ。

——うわあぁ。これじゃ、ヘビの生殺しだよぉっ。いっそひと思いに殺してくれぇっ!!

理性と煩悩《ぼんのう》との戦いだった。美樹はもう、寝返りを打つことさえ怖い。

美樹ははあはあと息を荒げながら、ベッドの上段をにらみつけていた。

☆

「美樹っ!!　薬だよっ」

まひるの声が耳もとで響き、美樹はびっくりして目を見開いた。

まひるが腕組みをし、顎をツンとあげながら、二段ベッドの下段に寝ている美樹を見おろしている。

「えっ、な、なんで、まひる？」

昨日、沙亜耶に添い寝をされ、ドキドキしながらあお向けになっていたのは覚えている。いつの間にか眠ってしまったらしかった。

だが、沙亜耶はいず、まひるがベッドの横で怖い顔をしている。しかも彼女は制服ではなく、カットソーにミニスカートの普段着だ。なにがなんだかわからない。

部屋が明るいことに気がついた。

「い、今、何時だ!?　じゅ、授業、授業に行かなきゃっ。お、小河先輩の具合は？」

「今日は創立記念日!!」

「あ、そうか、忘れていた」

「今は十時半っ。沙亜耶ちゃんは風邪が治ったからって家に戻ったよっ」

妙にまひるの声が高く聞こえる。なぜか頭が重く感じる。

「それよりアンタ、風邪うつされたでしょ！　シスターアグネスが出かける前に薬を用意してくれたの。持ってきてやったんだから感謝しろッ!!」

まひるの声がキンキン響いて耐えきれない。美樹はベッドから出て体を起こす。勢いよく立ちあがったのが悪かったのか、スウッと目の前が暗くなる。

座りこもうとしたとき、悲鳴とともに水がざばっと降りかかってきた。

「きゃあっ!!」

まひるの悲鳴とパジャマを濡らす水の感触に、座ることも忘れて目を見開く。

「えっ、ええっ？　な、なんでっ!?」

「バカッ、エッチ、痴漢っ。ソレッ、早く、な、なんとかしなよぉおっ!!」

まひるは、からっぽのコップを片手に持ち、顔を真っ赤にして頭から湯気がたつほどに怒っている。机の上に、薬の瓶を乗せたお盆があるのが見て取れた。

まひるは顔をそむけているが、視線がちらちらと美樹の下腹部にいく。見るのはイヤだが、好奇心のあまり見ずにはおられない、とばかりの雰囲気だ。

美樹はようやく、なにが起こっているのか理解した。パジャマのズボンの前がふくらみ、ぱんぱんになっていたのである。

「きゃあっ。やだぁっ」

美樹は悲鳴とともに両手で股間を押さえると、前屈みになって恥じらった。無意識に出てしまった女っぽい仕草に、まひるの怒りが爆発する。

「バカーッ!!」

薬瓶が投げつけられ、スパコーンと美樹の頭頂部に炸裂した。

「いてぇえぇぇっ!!」

「二錠飲んでおけっ。最低ヤロウッ!!」

まひるは、頭を抱えて苦悶する美樹に一瞥《いちべつ》をくれると、後ろ手にドアを閉め、バタバタと駆けていった。老朽化の進んだなでしこ寮の廊下は、ギシギシと不穏な音をたてている。

――うわ、だめだ。くらくらする……。

たしかに沙亜耶の風邪がうつったらしい。薬を飲んでよく眠れば、翌朝には熱がさがるのだろうが、薬を飲むために水を汲みに行くのもおっくうだ。

美樹は水に濡れたパジャマを脱いだ。よほど熱が高いのか、こんなに濡れてもほとんど寒さは感じない。

ボクサーブリーフと詰め物をしたスポーツブラという格好で、ベッドの下の引き出しから、洗濯済みのパジャマを取りだす。

「なんか、苦しいな……んっ……」

美樹は背中に手をまわし、ブラジャーのホックをはずした。

まひるに勧められたが、パンティは抵抗した。男物の下着はコインランドリーで洗濯し、まひるが用意してくれたダミー用のショーツを裏手の物干しで乾かしている。

ニセ乳をつくる必要からブラだけはつけていた。

スポーツブラは、ランニングの丈を短くし、ぴったりな幅に変えたみたいなデザインで、男の彼がつけていてもそれほど違和感はない。

美樹は、のろのろと洗濯済みのパジャマに着替え、ベッドに潜りこんで目をつぶった。

☆

まひるは自分の部屋のベッドに横になり、天井を見つめていた。

——美樹のバカッ！　沙亜耶ちゃんと添い寝だとぉっ⁉　沙亜耶ちゃんも沙亜耶ちゃんだっ。美樹が男だってわかんないのっ⁉　美樹はちゃぁあんと男なのにっ‼

パジャマの股間をふくらませている美樹の映像が脳裏によみがえった。かっと顔が赤くなったのが自分でもわかった。

——あれ、勃起、だよね？

興奮したときと寝起きに起こる生理現象だと、ティーンズ雑誌で読んだことがある。

——美樹のやつ、沙亜耶ちゃんになにもしなかったんだ……。

朝の沙亜耶の様子は普通だった。

——どうしよう、美樹くん、私の風邪がうつったみたい。

——あらあら、同室だから仕方ないわねぇ。

——違うんです。私、美樹くんのベッドに入って、一緒に寝たんです。

——まあ、沙亜耶さん、それで風邪が治ったんだわ。風邪ってうつすと治るって言いますからね。

沙亜耶の困りきった口調だけではなく、シスターアグネスののほほんとした表情まで思いだすことができる。あれが演技だとは思えない。

——美樹、沙亜耶ちゃんに関心がないのかな？　じゃあ、私だって可能性はあるのかな……。

まひるは美樹が好きだ。

幼稚園からずっと一緒の幼なじみ。美樹が父子家庭だったこともあり、お隣りさんの城島家と南沢家は、頻繁《ひんぱん》に行き来した。お互いの家で遊んだり、母のつくる晩ご飯を一緒に食べたりした。

照れくさくて口に出したことは一度もないものの、ずっとずっと好きだった。

小学生までは無邪気に好きだと口に出したが、中学になり、意識するようになると恥ずかしくなり、ぶっきらぼうな態度しか取れなくなった。

美樹が保育士を志し、聖フロリナへの入学と寮住まいを決めたとき、まひるもためらうことなくフロリナを選んだ。

世話好きで子供が好きなまひるは、保母さんになりたいと思っていた。

まひるの両親は、幼児教育科に通うのは短大からでも遅くない、どうせ通うなら家の近くの学校にしろと反対したが、まひるは自分の意見を貫き通した。

美樹と一緒にいたかった。同じ夢を見て、同じ進路を選び、一緒に歩んでいきたい。

美樹がなでしこ寮に入り、女子として事務処理をされているというのは驚きだったが、しばらくたってそれっていいかなと思えてきた。

——他の女に、取られずにすむもん。

彼が男の子だと知っているのは自分だけ。頼りにされるはずだと思っていた。

なのに美樹は、まひるをちっとも見てくれない。それどころか、日々女らしさに磨きがかかり、ふとした仕草が超絶かわいいのだからイラついてしまう。

美樹が同級生と仲よくしゃべっているのを見るたびに、胸がキリキリ痛くなる。

──こんなにアイツが好きなのに……。

天井がぼやけてきた。まひるは、手の甲で涙を拭《ぬぐ》うが、涙が溢れてとまらない。ぼんやりした視界に、股間を押さえて恥じ入っていた美樹の仕草が浮かびあがる。

──美樹のヤツ、オチン×ン、大きいのかなぁ……。

まひるは、ベッドサイドのデオドラントスプレーを見た。

──これぐらいかな?

パジャマのズボンの前のふくらみ加減だと、これよりも大きいような気もする。

──こんな大きなモノがアソコのなかに入るの?

身体がかっと熱くなった。下腹がキュンとなり、秘唇の表面がムズムズする。小さな泡が弾けるような感触のあと、ショーツの内側がとろりと濡れた。

かすかに立ち昇った愛液のミルク臭が恥ずかしい。下腹の奥がキュンキュンするのに連動して、乳房の内側がしこってきた。

──やだな。私、モヤモヤしてる……。

まひるはベッドにあお向けになったままで、カットソーの裾から手を入れてブラジャーの上から乳房をいじった。

——え？　どうして？　いつもと違う……。

ブラジャーのカップの下で、乳房の芯が硬くしこっている。ぷりぷりした感触は、朝起きてブラをつけるときや、お風呂で身体を洗うときとまったく違う。乳首は硬く勃起しているし、乳房はきゅんきゅんして、内側からはじけてしまうのではないかと思うほどだ。

胸乳の奥の硬いボールを揺するように揉むと、甘くて痛い痺れがジンジンとひろがって、身体がせつなくくねってしまう。

——どうしよう。なんか気持ちがいいよぉ……。

「あっ、はぁんっ」

まひるは、自分の喉からあがった甘い声に恥じ入った。だが、もう、今さらとめられない。まひるは発情していた。ベッドにあお向けになった状態で、乳房をいじりまわす。

「んっ……んんっ……はぁっ……んっ、あぁっ」

若い乳房は刺激に弱く、肘が当たっただけでも泣きそうなほど痛む。だが、その痛みが心地よい。わざと痛くするように乳房をいじると、身体の奥から甘い戦慄が響いてくる。

「つぅっ……くっ、うっ、い、痛い……あっ、あああぁあっ」

もどかしくなり、カットソーを胸の上までめくりあげ、ブラジャーのホックをはずす。カップの内側に収められていたFカップの胸乳が、ぷるるんと揺れながら飛びだした。

処女の乳房は芯が硬く、あお向けになっていても扁平になったりせず、綺麗な円形を保っている。まるでメロンを三分の一ほど切り落として胸の上に置いたみたいだ。桜色の小さな乳首は硬く尖《とが》って色を増し、天井を示している。

まひるは自分の手で両の乳房を揉みしだいた。

勃起した乳首を指先でくりくりすると、静電気のようなビリビリ感が四肢に向かって走り抜け、背中が浮かびあがってしまう。

——どうしよう。気持ちがいいよぉ。こんなの、私、おかしいよ……。どうしてこんなにヘンになっちゃったの……。

とくん、と彼女にしか聞こえない音が鳴り、秘唇を割って愛液が落ちた。ショーツの奥底はもうとろとろに濡れていて、二重布を透過して脇から溢れているほどだ。

まひるは、ミニスカートをめくりあげるとショーツのなかに手を入れた。

手首で恥骨を圧迫しながら、指先でスリットを前後にこするのがまひるのオナニーのやり方だ。

——すごぉい、こんなのはじめて……。

花びらの内側は、信じられないぐらいに熱く火照《ほて》り、トロミのある愛液でどろどろに濡れていた。

水を含んだ絹のような繊細な粘膜を指で前後すると、ネチャネチャと水音がたった。いやらしい音だったが、それがまひるをさらに興奮させてしまう。

「あっ、あぁあっ、すごい……んんんっ、うっ、うっ……くぅっ……」

まひるはベッドの上でくなくなと身体を悶えさせた。半開きになった唇から赤い三角の舌が出て、さかんに唇を舐めている。

——いやだ。私、なんて匂い……。

それは発情の匂いだった。腋臭《わきが》とさわやかな汗の匂い、あとからあとから溢れる蜜液のミルク臭、性器臭であるヨーグルトの香りが混ざり合い、咲き誇る蘭《らん》の匂いになっている。

「んっ、くぅ、はぁっ……はぅ、ううっ……あっ、痛い……いい、気持ちいい」

剝きだしの乳房は汗にぬめり、油を塗ったように輝いている。あえぐたびに平らなお腹がかわいくへこむ。紅潮した顔をくなくなと振り、半裸の身体を悶えさせている彼女は淫らな美しさにあふれている。

興奮しているせいなのか、寝る前になんとなく手が淋《さび》しくてする自慰よりも、ずっとずっと気持ちがいい。

「う、はぅ、ううっ……あぅっ、く……な、なんて、……あ、んっ」

まひるはだんだんもどかしくなってきた。ショーツが邪魔で思うようにいじれない。もっといっぱい楽しみたかった。どうせなら自慰ではなく、美樹とセックスしたいとまで思う。

まひるは、パンティを膝のあたりまでズリさげた。

ぷっくりしたヴィーナスの丘は、萌《も》えたつヘアに飾られて、いやらしいというよりかわいらしい雰囲気だ。切れ目を通した白パンのような大陰唇が、太腿の間に隠されている。

まひるは太腿をゆるめて膝を立て、片手で乳房をいじりながら、もう片方の手で秘唇の内側を指の腹でかき混ぜる。

——セックスって、すごく気持ちがいいんだろうな。初体験ってどうなのかな?

やっぱり痛いの？

「んっ、んんっ……はぁ、あうっ、ううううっ、んんっ、んっ、んっ」

まひるはベッドサイドのデオドラントスプレーを見ながら、指先で膣口をさぐった。

——ココにオチン×ンが入るのね……。

そろそろと人差し指を沈めていく。ヒダヒダを集めた狭くて熱い粘膜が、指の周囲にみっしりと押し寄せてくる。

——ええ？　いやだ。私のアソコって、なんかヘン。

すべすべしていると思っていたのに、膣ヒダは複雑な感触をしていた。すごく狭いところを通り抜けると、やや広いところに出るのだが、そこは肉のツブツブが一面に生えていて、まるでイソギンチャクの口のようだ。

「あっ、んっ……うっ、はっ、はぁ、はぁはぁ……んんっ」

呼吸するかのように、狭くなったりフワッとひろがったりする膣ヒダの感触は、まったくはじめてのものだった。

縦長の肉まんに切れ目を通したような大陰唇の中央に沈んだ指が、処女の身体の奥のほうをかき混ぜる。

——処女膜ってこれ？

好奇心のおもむくままに膣ヒダを指で探ると、膣口の、比較的浅いところに存在する分厚い粘膜の輪を見つけた。

——へえ、狭いんだ……。

まひるは指を二本にし、バラバラに動かした。二本まではどうにか入るが、三本にすると突然苦しくなった。

「や、やだっ、い、痛いっ、だめっ。んっ」

膣口に引きつれるような痛みがある。ドーナツ状の処女膜は、太い輪ゴムみたいにキリキリと締めつけてきて、第二関節までしか入らない。それ以上奥に入れると、パチンとはじけてしまいそうだった。

まひるは、あきらめて指を抜いた。

——美樹。お願い……、なんとかして……。

まるで飢えた子供のようだった。もっともっとと思ってしまう。このせつなさをなんとかしてもらえるなら、引き裂かれてもかまわない。

オナニーでは発情は収まらず、よけいに身体が乾いてしまう。まひるは、本能が命ずるままに片手で乳房をきゅっきゅっと揉み、もう片方の手で秘部をいじることを繰りかえす。

「痛いっ、あっ、あん、あっ、い、いたっ……痛いっ、くくっ」

ふと、指先が陰核に触れた。

——あれっ？　なに、これ？　もしかしてこれがクリトリス？

いつもは分厚い包皮にくるまれ存在に気づかない秘芽が、硬く大きくなって肉莢《にくさや》から顔をのぞかせている。

真珠そっくりのすべすべの球体を指の腹で押さえると、腰が痺れるようなビリビリする電気が走った。

「あうっ!!」

秘芽は、指の圧迫からはずれてにゅうるりと指の横へと飛びだす。

下腹と乳房の奥がキュンキュンしている。痛くて痛くてたまらないにもかかわらず、どこか甘く溶けるような気持ちよさがある。

——私ってなんてイヤラしいの……。

まひるは、指先で秘芽をつまみあげ、エッチな自分に罰を与える気分で、指の腹に力を入れてくるくると丸める。

「きゃんっ」

もっとも敏感なところに与えられた乱暴すぎる刺激に、処女の身体はブルブルッとふるえだす。痛甘い電流が皮膚の下の神経組織を急スピードで走り抜け、脳髄がシェイクされる。

「くぁうはぁあぁあぁああんんっ!!」

まひるは、目を見開いたまま、身体をガクガクさせていた。膣の浅い位置から愛液がドッと噴きだし、皮膚という皮膚が冷たい汗でぬめってしまう。

それは今までの自慰の比ではなかった。甘すぎるケーキが苦さを感じるにも似て、痛いのに気持ちがよく、苦しいのに甘い。

身体の機能がヘンになり、指をはずそうとしてもはずせない。それどころか、逆に指の力が強くなってしまう。乳房を揉んでいた手もギュウギュウ乳房を絞りあげている。

痙攣《けいれん》が収まり、ようやくのことで筋肉の硬直がほどけたとき、まひるを襲ったのは睡魔だった。

まひるは、のろのろとカットソーをめくりおろして乳房を隠し、膝のあたりで丸まっていたショーツを元通りにしてミニスカートをおろすと、おっくうそうに毛布の内側に丸まった。

生まれてはじめてのオーガズムに疲れたまひるは、夢も見ない眠りに落ちていった。

Ⅱ 生意気幼なじみの健気なご奉仕

「おねーちゃん先生っ、ボク、ご飯もらってなぁいっ」

「いやーっ。髪、引っ張らないでっ」

「先生、おかわり」

「あらっ、まだよっ、いただきますまで食べちゃだめ」

「わあああぁあああんっ。シスターアグネス、まさきくんがいじめたぁっ」

「それ私のよ。食べちゃやだめぇっ」

「先生っ、あたしのハンバーグ、小さいと思いますっ。おっきいのに替えてくださいっ」

保育園実習の一回目は、年長さんの給食タイムからはじまった。

今日のおかずは子供たちの好きなハンバーグで、デザートが苺《いちご》という豪華版だ。園児たちはもう興奮状態だ。

美樹たちに与えられた役割は、園児たちにお皿をくばることだった。なんでもなさそうな仕事だが、これが意外に大変だった。園児たちは、まるで躾《しつけ》の悪い犬みたいで、少しもじっとしないのだ。

年長さんクラスは、来年小学校にあがる園児ばかりだ。落ち着いているだろうと思っていた美樹は、園児たちのヤンチャぶりに目を丸くするばかりである。

「はーい、みんな、席についてね。お口にチャックをかけましょう」

シスターアグネスが前に出て、園児たちに語りかけた。子供たちが皆口をつぐみ、びっくりするほど静かになる。あんなにうるさかったのが、ウソみたいに静まりかえった。

——うまいもんだな。

プロの保育士の見事な指導に、美樹をはじめ実習生は皆目を丸くしている。

「ご飯とおかずとお茶はありますか？　お箸《はし》はあるかなー？　もらってない人、手をあげてーっ。お口にチャックをしたままですよー」

ぱらぱらと手があがる。担任の保育士がバタバタと用意をし、前に立つシスターアグネスに目で合図をした。

シスターアグネスが軽くうなずくと、横に立っていた沙亜耶に場所を譲った。

――あれっ。小河先輩だ。実習、一緒だったんだな。

慣れない実習に一生懸命で、沙亜耶がいたのに気づかなかった。実習は斑分けで行動するので、上級生と合同になることが多い。

沙亜耶は緊張した顔つきで、声をうわずらせながら園児たちに語りかける。

「今日はおねえちゃん先生がお弁当のお歌をします。お口のチャックははずしてね。じゃあみんな、用意はいいかなっ？　用意ができた人は返事をしてね」

「ハーイッ!!」

小さな手がいっせいにあがった。

メガネの奥の瞳がやさしそうに細められた。沙亜耶はすうっと深呼吸をする。シスターアグネスがオルガンを弾きはじめた。

「これっくらいの♪　お弁当箱に、おにぎりおにぎりちょっとつめて♪　きざーみしょうがに、海苔《のり》振りかけて♪　にんじんさん、しいたけさん、れんこんさん♪　ごーぼうさん、すーじの通ったふーき♪」

沙亜耶は手遊び歌を身振り手振りを交じえながら歌っていく。

おにぎりおにぎりのところは手でおにぎりを握るようにして、きざみしょうがは包《ほう》丁《ちょう》で切るマネをする。

――かわいいなぁ。

園児たちが、声をそろえて一生懸命に手遊び歌をしている様子はほんとうに愛らしい。さっきまでの大騒ぎが信じられないほどだ。

沙亜耶もはじめこそ硬い表情をしていたが、次第に緊張がほどけてきたようで、楽しそうに手遊び歌を指導している。最後に両手を合わせ、頭《こうべ》を垂れた。

「いただきます」

「いただきまぁすっ!!」

園児たちがいっせいに、お箸《はし》に向かって手を伸ばす。

沙亜耶は、ほうッ、とため息をつき、美樹の横に歩いてきた。小さな声でささやく。

「美樹くん。胸、ズレてる」

指摘されてはじめて気づいたが、ブラジャーがずれて、ニセ乳が左右で位置が違っている。

心臓が飛び跳ねた。

「えっ。きゃっ!!　やだっ」

わざとらしいほど女っぽい声が出た。あわてて服の上からブラの位置を直す。

――うわあぁあ。どうしようっ、みんなヘンな目で見ているよぉっ。

うまくいかずにおろおろしていると、沙亜耶がそっと手を伸ばしてきた。

「あわてちゃダメよ」

沙亜耶の小さな手が胸のあたりを這いまわる感触は、服越しで感触がソフトになっているせいか、妙になまめかしいものがあった。

「小河先輩、ありがとうございます」

「沙亜耶でいいわ。ブラは背中のところをね、下に引くとズレないわよ」

沙亜耶は、さすが本職の女性だと感心するほどの見事な手つきで、ズレたブラジャーとパットを直してしまった。つけ心地もしっくりして、違和感や胸苦しさがぜんぜんない。

周囲の人間には、女子高生同士が身だしなみをチェックしているように見えただろう。だが美樹はもう真っ赤だ。

――落ち着け、落ち着け、落ち着け、僕っ！　興奮するんじゃないっ!!　平常心だっ!!　平常心っ!!

オナニーさえできない日常がそうさせるのか、スカートの内側でペニスは完全に勃起して、存在を主張している。

真っ赤な頬をして目を伏せるかわいらしい一年生と、メガネのせいで美貌が削がれている世話好きの先輩を、少し離れたところからまひるが怖い顔をして見つめている。

☆

消灯時間になり、沙亜耶と二人で部屋に戻ってきたときのことだった。

「美樹くん。私ね。ここのところにキズがあるのよ」

ベッドの向こうでパジャマに着替えていたはずの沙亜耶が、ひょいと顔をのぞかせて言った。ソックスとブレザーとベストを脱いだところで、ふと思いだしたらしかった。

「えっ、ええっ？」

——いったいなんの話だっ⁉

パジャマに着替えようとして、ジーンズのファスナーをさげかけていた美樹の前で、沙亜耶がスカートを太腿の付け根までめくりあげた。

紺色のスカートの内側から真っ白な太腿が現われる。ショーツの奥底の、ふんわりした真っ白な布地がちらちらのぞく。

「小河先輩!?」

体中の血液がかっと熱くなり、鼻血が噴きでそうになった。美樹は両手で鼻から口のあたりを押さえ、体を硬直させた。

膨張した下半身は、毛布で隠されているが、沙亜耶に気づかれないかと思うとドキドキしてしまう。

「沙亜耶でいいって言ってるの。ねっ? ココ、けっこうスゴイでしょ? つかまりたっちができるようになったとき、派手に転んだらしいのよ。お母さん、すごくあわてたって。私は記憶がないんだけどね」

沙亜耶は、身体をひねって太腿の横を見せようとする。紺色のスカートが美しく流れ、真っ白い下肢をセクシャルに飾る。

腰をひねった状態なので、スカートの裾から、見えるか見えないかというショーツの白が扇情的だ。

「だからね。胸のサイズなんか気にすることないよ。おっきい子もいれば、小さい子もいるの。おっきいからいいってコトはないわ」

沙亜耶は、まるで先日の授業のようなことを言った。

――ああ、そうか。これを言いたかったわけか。

美樹がブラジャーで胸のサイズを底上げしているのは、小さめの乳房を恥ずかしがっているからだと想像したのだろう。

――そりゃ、当然だよな。実習で、あれだけタッチされたんだから。

――小河先輩、僕を女だと思いこんでいるんだな……。

うれしいような、せつないような、ほっとしたような、複雑な気持ちがひろがる。

「そ、そうですね。さ、沙亜耶さん」

「そうよ。パーセンタイルの幅は大きいの。グレーゾーンからはずれてなきゃ、それでいいのよ」

沙亜耶が目尻をさげてにこにこと笑った。もう、スカートは元に戻っている。

白いブラウスから、ブラジャーのレースがかすかに透けてみえる。ふくよかに盛りあがったまあるい乳房が、白いブラジャーを押しあげている様子は、ドキンとするようなセクシーさがあった。

「沙亜耶さん、いい保育士になれそうですね」

「ふふっ。そう言ってもらえるとうれしい。ウサギさん、ウサギさん。おねえさん先生はいい先生になれるかな～」

沙亜耶は頭の上でVサインをし、うさぎさんの耳に見立てておどけてみせた。

——かわいいっ。沙亜耶さん、すげーかわいい。僕もう、惚《ほ》れてしまいそう……。

かわいいのにしっかりしていて、やさしくて気配りができる。ほんとうに、保育士になるために生まれてきたような性格だ。

「なれますよ。絶対っ!!」

「うれしい。ありがとう。パジャマに着替えるね。消灯までもう少しだしね」

沙亜耶が服を着替えている気配がする。甘い体臭がなまめかしい。さっき見た光景を想像が補って、沙亜耶が着替える映像が美樹の脳裏で結ばれている。

——ど、どうしよう。収まらないよ。

美樹は、思わずペニスに伸びてしまいそうな手を押さえるのにせいいっぱいだ。

白い足がはしごを登っていく。美樹の位置からだと、沙亜耶のお尻を下から覗くかたちになり、大陰唇のぷっくりしたふくらみがパジャマの薄い布越しにほんのりと浮かびあがって見える。

シャンプーとセッケンと体臭の入り交じった甘い匂いが移動していく。

二段ベッドの上の段がギシリと鳴る。

「電気消すね」

「あっ。はい。沙亜耶さん。ありがとうございますっ！」

「おやすみ。ああ、眠いなぁ……」

「おやすみなさい」

電気が消されて常夜灯だけの部屋に、沙亜耶の呼吸と体臭が満ちている。

――うっ、こ、これって地獄かも……。

はじめは天国だと思っていた女子寮だが、現実は逆だった。こんなにも興奮しているのに、手を出すことはもちろん、オナニーすることさえできない。

下の段のベッドでごそごそやっていたら、沙亜耶に気づかれるに決まっている。信頼してくれている沙亜耶に男だと気づかれることは、なにより怖いことだった。

――あっ。そうか、沙亜耶さんが寝静まってから、そっとやればいいんだ。

――平常心っ、平常心っ、平常心っ。

さながら羊を数えるようにして唱えながら、沙亜耶が寝るのを待つうちに、パーセンタイルから遠くはずれた女装少年は、あっさりと寝静まる。

一方、左隣りの部屋では、美樹を思ってオナニーしているまひるがいる。まひるの部屋の隣りには、シスター服を脱いでスカーフをはずした寮母が眠っている。

静かな夜が過ぎていく。

「行ってきます」

「気をつけて」

薄化粧をしたシスターアグネスが、晴れやかな笑顔を浮かべながら、さっそうと出ていった。

☆

シスター服を脱いだ寮母は、てきぱきした印象があり、日曜日のＯＬという感じがした。

シンプルだがしゃれたデザインのワンピースを着た後ろ姿は、すらりとして格好がよい。機嫌がよいのか、片手にさげたハンドバッグが左右に揺れる。梳《す》き流した黒髪がお日様の光をはじき、きらきらと輝いて見えた。

ドアを閉めると、胸の奥から笑みが忍びあがった。美樹は、うーんと深呼吸した。

沙亜耶は、ホームシックにならないように、日曜ごとに家に帰るようになった。シスターアグネスもお出かけだ。

これでまひるがいつものように買い物に行ってくれれば、なでしこ寮に残っているのは美樹だけになる。入寮以来、はじめてのひとりきりの休日に、顔がにまにましてしまう。

──今日こそは思うぞんぶんオナニーできるぞーっ。カイてカイてカキまくるぞーっ。

スカートをめくりあげた沙亜耶のかわいい太腿や、タオルで前を隠した全裸、身体にバスタオルを巻きつけて隠したところを下から見たアングルなどが脳裏にちらつく。

さらに同級生の着替えや、沙亜耶が風邪とホームシックで抱きついてきたときの、おっぱいがぷるるんと当たった感触がよみがえり、おもしろいぐらいあっさりとペニスが勃起してしまう。

──うわ。くっ、痛ぇっ……。

ジーンズを着たのが悪かったのか、ペニスがジーンズに押さえつけられ痛くてたまらない。つい前屈みになっていると、階段を降りてリビングに入ってきたまひるが、脇腹に手を置いて肘を張り、美樹を呼んだ。

「美樹、なにを女っぽい仕草をしてるのよっ。こっちに来いっ!!」

「まひる、今日は買い物は行かないの？　梅干しとか海苔《のり》とかチョコとか買わなきゃいけないんだろ？」

「そんなの学校帰りにコンビニに寄るわよっ！」

「えっ、でもでも、コンビニよりスーパーのほうが安いって言ってなかったか？」

「いいから、私の部屋に来なさいって言ってるのよ!!」

まひるはひどく機嫌が悪く、頭から湯気が出そうなほど怒っていた。そして、美樹に背を向けると、先導するようにして歩いていく。

――こりゃだめだな。

まひるをなんとかして買い物に送りだしたかった美樹は、ふうとため息をついた。仕方なく彼女のあとをついて階段をあがり、まひるの部屋に入る。

「ドア閉めてっ!!」

「え？　でも、いいのか？」

「いいのよっ!!」

――僕は男なんだぜ？　ほんとうにいいのか。

心配になってまひるの顔を見るが、幼なじみの少女は怖い顔をして美樹をにらみつけている。

――まあ、いいか。どうせ僕、男じゃないもんな。オスカル様だし……。

笑えない冗談を自分に向かってつぶやきながら、後ろ手にドアを閉める。

まひるの部屋は、二人部屋を一人で使っているせいか、同じレイアウトなのに広く感じられる。

日焼けどめのクリームや髪を結ぶリボン、デオドラントスプレーなど、女の子らしい小物が散見されるが、あまり女っぽい部屋に感じられないのは、彼女のさばさばした性格によるものと、沙亜耶と同室で免疫がついたのだろう。

「美樹、ブラ、合ってないでしょっ!? 新しいのを買ってきてあげたからつけてみなさいっ！」

「えっ、いいよ。恥ずかしい。そ、それに、沙亜耶さんも、胸の小さいのは気にしなくてもいいって言ってくれたんだ」

まひるは、腕組みをすると、ギリギリと歯ぎしりをしながら美樹をにらんだ。こめかみに青筋が立っている。

——うわ、なんだ。こいつ、なんでこんなに怒っているんだ？

「ねえ？ 知ってる？ 沙亜耶ちゃんね。レズなんだよ。私が好きになる人は女の人ばっかりだわって言ってたよ」

まひるの冷たい言葉が、美樹の胸をきりきりと刺した。

——そ、そんな……い、いや、ありえるかも。僕のことオスカル様みたいだって言ってたし。

沙亜耶は美樹に好意を寄せている。それは美樹にもわかっていた。だが、寮生同士の先輩としての好意であり、百合《ゆり》としての愛情だとは思わなかった。いや、思わないようにしていたのだ。

「シスターアグネスが、まだ若いからよ、ってなぐさめてたけど、シスターに恋愛がわかるはずがないよ。沙亜耶ちゃんは、レズビアンのヘンタイだよっ!!」

「まひる、もう黙れよ！　それ以上言うな。失礼だぞ」

声がついつい低くなって、すごんでいるような感じになった。

まひるは、ビクッと身体をふるわせると、言いすぎた、というふうに目をつぶった。

そして、とりすがる表情で美樹を見あげる。かすかに身体がふるえているのが見て取れた。

――なんなんだ？　この反応は？　さっぱりわかんね……。

「わ、わかったわ。上、脱ぎなさいよっ。ブラのつけ方、教えてあげるから。前んとき、私、つけ方を教えてあげなかったでしょ。だからズレてしまうと思うんだ」

口調こそえらそうなものの、声がうわずり、おもねているような響きがあった。

「いいよ。そんな。もう、ブラははずそうって思っているんだ」

「ね、つけようよ。男だってバレたら困るでしょ？　沙亜耶ちゃんも、シスターアグネスも、みんな困るよ。お、お嫁に行けなくなっちゃうよ」

——沙亜耶さんがお嫁に行けなくなる……。

「そ、そうだな」

弱みを突かれた美樹は、不承不承トレーナーを脱いだ。つるんとした少年の胸が現われた。脱げと言ったくせに、まひるは怖そうに後ずさり、両手で顔を覆った。

「きゃあっ！」

「脱げと言ったのはまひるのくせに」

「だ、だって、トレーナーの下、いきなり裸だとは思わなかったよ。今日、ブラ、つけてないんだ？　ふ、普通は下着をつけるでしょ？　キャミはその、つけないかもしれないけど、タンクとか」

「なんだそれ？」

「えっ？　うそっ、キャミとタンクを知らないの？　キャミソールとタンクトップのことだよっ。な、なんで？　男って、タンクつけてるじゃないの」

「ランニングとかアンダーシャツのことか？」

「あっ。そうそう。それっ！」

「あんなモン着るの、子供だけだよ」

「えっ、そうなの？　ああんっ。もうっ。そんなことどうでもいいよ！　は、早くブラ、つけてみなさいよっ」

まひるが袋から出して差しだしたブラジャーを見た美樹は、後ずさりながら、赤く染まった顔を左右に振った。レースの飾りがついた、女っぽいブラジャーだったのである。

「そ、それは……ちょっと、その……は、恥ずかしいよ」

「スポーツブラだと、パットがズレちゃうよ。こないだ、沙亜耶ちゃんに直してもらってたでしょ？　コレだとカップが独立してるからパットが移動しないんだよ。だから、コレがいいかなと思って買ってきたの」

まひるも、美樹と同じぐらい顔を赤くして言う。その顔が、泣きそうに歪《ゆが》む。

「せ、せっかく、買ってきたんだからっ、つけてよっ、つけてくれなきゃ嫌いになるからねッ！」

「え？　まひるって、前から僕のこと嫌いなんだって思ってた……」

「そ、そんなこと、ない……そんなことないもんっ!!」

まひるは唇をふるわせながら言った。瞳に涙がにじんでいるのを、必死にこらえているという感じだった。

てくるし。

――え？　まひるって僕のこと好きなのか？　でも、いつもいつも僕につっかかっ
――いい気になっちゃだめだ。聞き間違いに決まってる……。

「わ、わかった。つけてみる」

混乱し、思考力の低下した美樹は、ブラジャーを受け取った。

物干し場や更衣室などで目にすることの多いブラだが、手にとって見た感触は想像外だった。カップの周囲にはワイヤーが入り、アンダーベルトもしっかりしていて、がっちりした感じだ。

乳房を受けとめるカップのレースだけが、やさしい素材でできていて、ふわふわと手になじむ。

「こ、これ、どうすれば？」

「スポーツブラと一緒よ。肩紐《ストラップ》に腕を通して胸を合わせて、背中でホックをつけるの」

「つ、つけなきゃ、いけないかな？」

「当然でしょっ!!　バレてもいいのっ!?」

泣きそうに声はうわずり、半泣きになっている。まひるの表情を見ていたら、それ

でもイヤだと言うことはできなかった。

「う、うん。やってみる」

美樹は、前屈みになってブラの肩紐を両腕に通し、紐が肩に来るように調節した。

「美樹、肩紐、よじれてる。それじゃ痛いってば。私がやってあげるね」

まひるが背伸びをして手を伸ばし、肩紐を直してきた。ひんやりした小さな手が美樹の肩や肩胛骨《けんこうこつ》のあたりを撫でさする。

腋《わき》の下から、女子高生特有の酸っぱい匂いが香りたつ。シャンプーのさわやかな匂いと甘い体臭が入り交じり、ドキドキしてしまう。まひるの息と、ポニーテールに結《ゆ》わえた髪の先端が、美樹の首筋や肩に触れる感じも扇情的だ。

——し、鎮まれ、おいっ、鎮まるんだよっ。

喉が干あがる。息が弾む。入寮するとき、寮生には紳士的に接すると誓ったのに、どうにかなってしまいそうで怖い。

「まひる、そ、その、も、もう、いいから……」

「だめよ、私がしてあげる」

シテアゲル、という声が、官能的に響いた。

「カップのなかにパットを入れるの。それからあと、背中のホック」

まひるは目を伏せながら、美樹の胸を触っている。まひるが着ているカットソーのデザインは、けっして胸もとのえぐれたものではなかったが、美樹のほうが背が高いので乳房のふくらみがかすかにのぞいて扇情的だ。

美樹の背後にまわりこもうとしたまひるの乳房が、美樹の腕の外側に触れた。ふにっとした感触に心臓が飛び跳ねた。まひるは知らないフリで、背中のホックを塡《は》めてしまった。

「く、苦しいよ。サイズが合ってないんじゃないか？」

「そうかな？　アンダーぴったりだけどな。じゃあ、ちょっとゆるめようか？」

ブラのアンダーベルトはゆるむどころか締まってきた。美樹は他愛なく悲鳴をあげた。

「うっ、く、苦しいっ」

「もう、ごちゃごちゃ言わないっ。内側に寄せなきゃホックがはずれないのっ。やだもう、硬いなぁ。えいっ」

ぷち、と軽い音がしてホックがはずれた。きゃっと悲鳴をあげながら、まひるが倒れかかってきた。勢いで、バランスを崩してしまったらしかった。

乳房のふくらみが、ぷりりんと背中を押す。美樹は驚きのあまり硬直する。

——えっ、ええっ？

背中から抱きついた状態になった幼なじみは、手を迷うように上下させたが、おずおずと美樹のお腹に手をまわした。さながら猫がなついてくるように、背中に頬をすりつけてくる。

「ど、どうしたの？」

まひるはぱっと手を離し、美樹の前にまわりこんだ。

「どうもしてないっ。ブラのつけ方、教えてあげるだけよっ」

——どうしたの、だってぇっ!?　こいつバカじゃないっ。ドンカンッ！

まひるは真っ赤に染まった顔を怒ったようにそむけながら、胸の谷間を指でまさぐっている。

——私がここまでしてるのに、わからないのっ!!　このバカッ。これでどうだっ。

まひるは、怒りの気持ちが命じるままに、前開きブラのホックをはずした。ぷち、と軽い音とともに、ブラジャーのカップが左右に分かれて脇に寄る。

まあるい乳房が、ぷるりんと揺れながら飛びだした。

Fカップの乳房は、気の強い女子高生の胸で、誇らしげに揺れている。

──もう、美樹のやつっ、早く手を出せよ。もう、もう、辛気《しんき》くさいんだからっ!!

私が誘っているのがわかんないのっ!?

「ブラのホック、はずしたりつけたりするのが難しいんでしょっ！　こうやってするの」

まひるはぷんすかと怒りながら、自分のブラジャーのホックをつけたりはずしたりした。

そして、どぎまぎと目を逸《そ》らしながら所在なさそうに立っている美樹の手首を握り、胸乳に当てた。

美樹は、熱いものでも触れたみたいに手を引っこめようとするが、それでもグイと手首を握り、乳房に当てる。

「ブラをつける練習よっ！　私の身体で練習しなさいっ、わかった!?　ホックつけてみるのよ」

「う、うん……」

美樹は、ブラジャーよりもまひるの乳房に興味があるらしく、ぷにぷにと乳房を揉みはじめた。

「つっ!!」

「わっ。ごめん」

美樹はおずおずと手を離し、後ずさった。つるんとした少年の胸に、ホックをはずしたブラジャーをつけた美樹は、どこか倒錯的な、あぶない魅力にあふれている。

「いいんだってば。もっと揉んで」

誘うと美樹の手が伸びてきて、まひるの乳房をそっと揉みはじめた。若い乳房は少しの刺激にも苦痛を覚えてしまうのだが、その痛みが甘く溶けて、身体の芯に染みていく。

ゾクリとした刺激が背筋を伝って下腹へとおりていき、秘唇の表面をムズムズさせ、愛液がトロトロ落ちる。もうショーツの内側は湧きでる愛液でシットリと濡れていた。

「んっ、くっ、くぅ……はぁはぁ……」

まひるは上半身をせつなそうにくねらせた。彼女の乳房をいじっている美樹は、たまらないとばかりに腰をモゾモゾさせている。

「ど、どうしたの。トイレ?」

「ち、違うよ。その……が……して。痛くて」

「えっ、聞こえないよ。なにがどうなったのよっ!?」

「だ、だから、チ×ポが、その勃起して……」

まひるの顔がかっと赤くなった。だが、不思議なほど不快感はなかった。

——美樹が私の身体で、興奮してくれてる……。

胸の奥に、ふわっと甘い満足感がひろがる。

「見せてよ」

「えっ？　そ、それは、ちょっと」

「いいから見せてって言ってるのっ!!」

怒鳴りつけると、美樹はあきらめたようにため息をつき、前屈みになりながらジッパーに手をかけた。胸の上に浮いたブラジャーが、美樹をかわいくさせていて、ふとした仕草が悔しくなるほど女っぽい。

——美樹のやつ、このままおかまになるんじゃないでしょうね。

そんな心配をしていたとき、ペニスが前立てから揺れながら飛びだした。

「きゃあっ」

まひるは両手で顔を覆った。想像外の大きさと形に、恥ずかしくて顔をそむけてしまう。ぱんぱんに力みかえり、まるで鬼の角のようにそそり立っている。青臭いような、男っぽい匂いもたまらない。

女の子みたいな外見をした美樹の、意外にたくましいペニスを、ついまじまじと見てしまう。それがまひるは恥ずかしい。

「触ってみる？」

美樹が誘ってきた。まひるはおずおずと手を伸ばし、亀頭の先端を指先でちょんとつついた。ペニスがビクンと跳ねた。

「きゃっ、う、動くわっ。先っぽからなにか出てるけど、これなに？　精液？」

「違うよ。ガマン汁」

「せ、精液じゃないのね？」

「そ、そうだよ。触ってくれよ。ぼ、僕、まひるに触ってほしいんだ」

「うん。さ、触るね……こんな感じでいいの？」

まひるは、その場に膝をつくと、ペニスの根元に指を絡ませ、しゅっしゅっと勢いをつけて前後にこすった。ティーンズ雑誌で読みかじった程度で、知識はそれほどないのだが、半ば本能的な手つきだった。

——すごぉい。硬いんだぁ……。これが私のアソコに入るのね。怖いなぁ。きっと痛いんだろうなぁ。でもいいや。美樹にならなにをされてもいい……。美樹に、引き裂かれたいなぁ……。

下腹がキュウンとせつない音をたて、見えない手でわしづかみにされたみたいに痛くなった。愛液がドクンと大量に落ち、ショーツの奥底を濡らす。

——いやっ。すごい匂いっ。恥ずかしいっ。

まひるは足裏を立ててると、大陰唇のスリットに踵《かかと》が当たるようにお尻を乗せた。自分の踵で秘部を圧迫して興奮を逸《そ》らしながら、ペニスをきゅっきゅっと手コキしていると、美樹がおずおずと手を伸ばし、まひるの乳房をいじってきた。

「い、いや……おっぱい、キュンキュンする……あっ、違うの、手をはずしちゃヤだよ。も、もっと揉んで」

「わ、わかったよ。揉むから、まひるも、舐めてよ」

「え、な、舐めるの？」

怖い気がしてためらっていたら、ペニスが催促するようにビクッと跳ねた。熱い亀頭が頬をつつく。

びっくりして顔を後ろに引き、熱いものを食べるときのようにふうふうと息を吹きかける。

鈴割れのところに溜まっている透明なカウパー腺液がとろとろと落ちていき、ごつごつした血管を浮かせた肉茎を滑り落ちていく。喫茶店で、アイスティーに入れるシロップそっくりだ。

まひるは、顔にかぶさるポニーテールを手の甲で払ってから、ペニスの先端をぺろッと舐めた。

美樹は、腰をもじもじさせた。じゅっぷりと熱い舌の表面が先端の剝けたところをゾロリと舐めたとき、ゾクリとするような刺激が背中を走り抜けたのだ。

まひるは、顔をしかめて小首を傾《かし》げた。

「う……く……」

「ど、どうしたんだ？」

「ん、ヘンな味だなと思っていたの」

「ご、ごめんっ、まずかった？」

こういうとき、エロ漫画のヒロインは、『ペニスっておいしい』と言うものなのに、思ってもいない反応にあわててしまう。

「ううん。そんなことないよ。ガムシロップみたいだから、甘いんだろうなって思ってたのに甘くなかったの」

「そ、そりゃ、そうだろ？」

「うん。少し苦いかな」

まひるは、焦らしているのかと思うほどのんびりした口調で言いながら、唾液に濡れたペニスを両手のひらで挟んで転がした。

そして、肉茎の根元を持って位置を決めると、先端の肉の実をぱくっと咥《くわ》えた。舌先で亀頭の鈴割れをベロベロと舐めたり、舌の腹で亀頭を押しあげて上顎に密着させてモゴモゴしたりする。

技巧を凝《こ》らしているというよりは、美樹の反応を見ながらあれこれ試しているという感じだ。

「うっ、うぅ、うくっ……くぅ、あ、まひるぅ……」

美樹は今にも射精しそうになっていた。入寮以来ずっと強《し》いられてきた刺激の強い毎日と、オナニーさえ自由にできない禁欲生活のせいか、はじめての刺激にあっけなく高まって、今にも射精しそうになっている。

幼なじみの見慣れた顔に、自分のペニスが消えている様子だけでもエロティックなのに、その下では剝きだしの乳房が揺れている。

美樹は、乳房を揉むこともできなくなり、口腔の複雑な感触に翻弄《ほんろう》され、上半身を揺らすばかりになっていた。

ペニスがビクビクッとまひるの口腔で弾む。もう射精する寸前だ。

まひるは、パッとペニスを吐きだした。

「もうっ、勝手に動かさないでくれるっ！　喉をつつかれると、喉が痒くなるじゃないのっ」

「ご、ごめん」

見事にタイミングをはずされて狼狽《ろうばい》する。

まひるは、赤い三角の舌先を出して、ペニスの表面をじゅるじゅると舐めまわしていく。男にとって肉茎は感覚の乏しいところなので、興奮はふくらむようでふくらまない。

まるでアイスクリームを舐めるような舌の動きがもどかしく、もういっそ、ひと思いにやらせてほしいと思うほどだ。

「まひる、そ、その、お、お願いだ。す、吸って、そ、その、咥えてほしい」

まひるの反応だと、ＡＶの女優のように、喉の奥まで入れてはくれないだろう。だがもっと強い刺激が欲しかった。

まひるは、少し考えると、肉茎に指をまわして位置を固定させると、舌先を鈴割れにこじ入れるようにし、シュパシュパと左右に掃いた。

さっきペニスを舐めたとき、亀頭を舐めたときの反応がいちばん激しかった。はじめてのまひるには、美樹を喜ばせてあげるテクニックがない。さらに、照れくささのあまりぶっきらぼうな態度になってしまう。

——私、美樹が好きなの。どうすれば気持ちよくなるの？　ねえ、お願い。私に教えて。私、美樹にならなんだってしてあげる。

そんなまひるの思いは、激しすぎるフェラチオになって大好きな少年を翻弄《ほんろう》する。セクシーさに乏しいことは、自分自身がわかっているから、せめて行為で好きだと告げたかった。

ババッ！

「う、うわっ、ご、ごめんっ、まひるっ、まひるぅっ」

亀頭の先端から噴きでる、熱く白い液体が、まひるの顔を汚していく。

まひるは、なにが起こっているのかわからずきょとんとしていた。

——これ射精？

こんなに勢いがすごいなんて思わなかった。顔を叩く、ネットリと熱い液体の弾丸は、マヨネーズのチューブを踏みつけたみたいだ。

「ご、ごめんっ、ごめんっ」

美樹は、はっきりと狼狽していた。情けなさそうに歪《ゆが》んだ顔が、まひるの罪悪感を刺激した。

——どうしよう。どうすれば美樹を困らせずにすむの？

泣きそうな顔をする美樹は見たくない。私のせいで美樹をあやまらせたりしたくない。

まひるは口を開き、射精途中のペニスをぱくんと咥《くわ》えた。

「うわっ、まひる、まひるぅっ、わ、悪いよぉっ……うっ、ううっ」

熱くにゅるにゅるした口腔の感触に刺激され、射精の勢いがよりいっそう強くなる。

まひるは、舌を丸めて射精を受けとめ、勢いを殺してから口のなかに溜まった精液を嚥下《えんか》していく。

「ごくっ、ちゅぱちゅぱっ、ちゅるちゅるっ、ごほっ、ごほごほっ」

精液は粘度が濃く、喉に絡まって呑みにくい。まるでコンデンスミルクを一気呑みしている感じだ。

「ちゅるるっ、ごくっ、ごほごほっ、ちゅぱあぁあっ」

——呑まなきゃ……美樹に悪いもん。

大好きな男の子が、まひるのつたないペッティングに興奮して、射精してくれてい

るのだ。一滴も余さず呑まなくてはと思ってしまう。

まひるはえずきながらも必死に精液を呑み下していく。

「うあっ、うあぁあっ、まひるっ、まひるぅっ」


美樹はもうたまらなかった。まひるが吸引するたび、喉奥が狭くなって亀頭が圧迫されるばかりか、ペニスが奥へと引っ張られる。肉茎の両脇に押し寄せる、ほっぺたの内側のぷるぷるの感触もたまらない。

「ちゅるっ、うっ、ごほっ、ちゅるるっ、ごくっ、ごほごほっ」

輸精管から精液をムリヤリに吸いあげようとするようなバキュームフェラに、美樹はなすすべもなく嬌声《きょうせい》をあげるばかりだ。

「まひる、うぁっ、あぁあっ、き、気持ち、よすぎるよぉっ、うぁああっ」

自分の精液に汚れた顔を情けなく歪《ゆが》め、顔を振るようにしながら精液を呑んでいくまひるの顔は、これがほんとうに見慣れた幼なじみなのかと驚かずにはいられないほど、セクシーな色に染まっていた。

やがて射精が終わり、まひるがちゅぽっと音をたてながらペニスを吐きだした。息苦しいのか、はあはあと肩で息をしている。

そのとき、ノックの音が響いた。

「きゃっ」

「うわっ!!」

二人は地雷を踏んだように飛び退いた。シスターアグネスの声がドア越しに聞こえてくる。

「まひるさん。いるの?」

「はいっ、いますっ、今、き、着替えているところなんですっ」

「玄関の鍵が開けっ放しになっていたわ。気をつけてね」

「お出かけじゃなかったんですか?」

「忘れ物を思いだして戻ってきたの。遅刻だわ。もう」

廊下がきしむ音がして、シスターが部屋のドアを閉める気配が伝わってきた。美樹は顔をひきつらせると、そそくさとトレーナーを着て、窓枠に足をかける。

あ、と声をかけそうになったが、美樹はもう窓枠の上を持ち、足を窓の外に出している。そして、隣りの自分の部屋に、窓づたいに行ってしまった。

「あ、危ないよ、そんな……」

部屋に飛び降りるどさっという音と、ふうというため息が聞こえてきた。

――そんな……ひどいよ。まだ、好きだって言ってないのに……。一生懸命、美樹を誘ったのに、セックス、し、したかったのに……。行かないでよ。美樹ぃ。

身体と心の興奮が極まったところで、唐突にエンディングを迎えてしまい、気持ちの持って行き場がない。

まひるはぽろぽろと泣きながら、開け放されたままの窓を眺めていた。

Ⅲ シスター先生が教えてあげる♥

「今日は暑かったねーっ」

「そうね。でも、バスケ、楽しかった」

体育の興奮がさめやらない同級生たちは、声高に騒ぎながら着替えをしている。

運動のあとで体臭が濃くなっているのか、更衣室は女の子の匂いに満ちている。甘酸っぱい汗の匂いは、息苦しくなるほど濃密だ。

美樹は、隅のほうでごそごそと着替えをしていた。

さすが元女子校というべきか、女の子たちはパサパサと景気よく体操服を脱ぎ、ブラジャーとショーツだけになり、汗どめスプレーを振ったり、髪を梳《す》いたりしている。

汗で肌に貼りついたパンティからは、恥丘の翳《かげ》りや秘唇の割れ目までも透けて見えて、悩ましいことこのうえない。

──うーっ。目の毒だよーっ。もうちょっと隠して着替えをしてくれないかな。

なるべく見ないように顔をそむけ、なおかつ女の子たちの注目を集めないようにそそくさと着替えていたときのことだった。

「美樹くんの活躍、すごかったよねーっ」

「あれっ。美樹くん、どこよ？」

「あらー、そんなとこにいたんだ」

美樹は悲鳴をあげて体をすくませる。

「きゃあっ」

服装と環境の与える力は大きくて、無意識の仕草が自分でも情けなくなるほど女っぽい。

美樹の恥ずかしそうなそぶりが、同級生たちのイタズラ心を刺激したらしい。女の子たちがどよめいた。

「美樹くんって女っぽいよねーっ」

「うん。私、むらっとして、押し倒しそうになっちゃった!!」

「美樹くぅんっ!!」

同級生のひとりが、美樹に背後から抱きつき、乳房をタッチしてきた。

「きゃあっ、やめてぇっ」

美樹はあわてて背中を向けてガードしながら振りほどき、あわてふためきながら制服のスカーフを結ぶ。体操服が入った袋を胸の前で抱きしめながら、そそくさと更衣室を出ようとしたときのことだった。

「えいっ」

女の子のひとりがスカートをめくりあげた。お尻が露出してしまう。美樹はあわてて後ろ手にスカートを押さえ、お尻を隠した。

「いやよっ、きゃっ」

胸はスポーツブラでニセ乳をつくっているが、さすがにショーツを穿くことはできず、ボクサーブリーフを穿いている。

「あれっ。美樹くん、スパッツを穿いてるのね。つまんなぁい。お尻、小さくって締まっていて、カッコいいなぁ」

「うん。小尻《こじり》だよねぇ。美樹くんのお尻は」

「ややや、やめて、くださぁい……」

美樹は後ろ手にお尻を隠しながら、泣きそうな声で言った。女の子たちはニヤニヤと笑いながら美樹を取り囲んでいる。

——うう、怖いよぉっ。犯されそうだよぉっ……。

犯されないまでも、このままだと寄ってたかって制服を剝かれてしまいそうだ。

男だとバレる→大騒ぎになる→退学という筋書きが脳裏に浮かび、背筋をいやな汗が伝っていく。

恐怖を感じた女装少年は、戸口に向かってじりじりと後ずさる。

「やめろ！」

まひるが美樹の前にまわりこんできた。背中で守るようにして立ちふさがり、両手をひろげる。

——うわぁ。まひる、カッコイイ……。

「やめろって言ってるんだよっ！　弱いものイジメはよせよっ‼」

女の子たちが、ハッとしたように顔を見合わせた。調子に乗りすぎたと思っているらしかった。

「まひるちゃん。怒んないで。ふざけているだけだよ」

「うん。ごめんね。やりすぎちゃったね」

「ごめん。美樹くん」

「い、いいよ。僕、行くからっ。まひるっ、ありがとうっ」

美樹は胸の前で体操服を抱えたまま、更衣室を出た。つづけてまひるがぷんすかと怒りながら出てくる。

「まひる、助けてくれてありがとう」

「別に。美樹を助けたわけじゃないわ。寄らないでほしいんだ。私、美樹とは話をしたくないの」

まひるは美樹をギリッとひとにらみすると、すたすたと大股で歩いていった。

☆

礼拝室のドアを開けた美樹は、マリア像の前でぬかずく寮母を見て、あわてふためきながらドアを閉めた。

「失礼しました」

——うっ。しまった。シスターアグネス、出かけてなかったのかぁ……。

「あら、美樹くん、まだ制服のままなのね」

ガチャリとドアが開き、入り口に立ったシスターアグネスが、無邪気な笑顔を浮かべながら小首を傾《かし》げた。

美樹は逃げようかどうしようか、というふうに体を泳がせたが、あきらめて足をとめる。

「どうしたの」

「えっと、その……」

——オナニーしに来ました、なんて言えないよ。

まひるは日曜のフェラチオ以来ずっと機嫌が悪く、口さえ利《き》いてくれないほどだ。あのときは、確かに気持ちが通じ合ったと思ったのに、まひるの気持ちがわからない。その一方で、美樹を女と思いこんでいる沙亜耶は無邪気にまとわりついてきて、なんだかんだとタッチしてくるものだから、ドキドキとムラムラで頭がおかしくなりそうだ。

欲望は、まひるとのペッティングで鎮まったかと言うとそうでもなく、よりいっそう強まるばかりで、ふとした拍子に勃起してしまう。

今までだったら、ごくたまにしか入らなかったエッチモードが、もうずっと入りっぱなし、という感じなのだ。欲望のゲージはMAX《マックス》のままで、いまにもはちきれそうだ。

どこかひとりになれるところを、と考えて、罰当たりだと思いながらも礼拝室を選んだ。

土曜日の昼下がり、皆はそれぞれにひとりの時間を過ごしている。まひるは部屋で宿題をしているし、沙亜耶は裏庭で声楽の練習に一生懸命だ。

「あああああああああ〜♪」

沙亜耶が歌う声が聞こてくる。

——あーあー、って気分なのは僕のほうだよ。もうっ。

「寮生が礼拝室に来たのは久しぶりだわ。せっかく来たんだから、お祈りしていきなさいな」

「でも、僕、お祈りなんてわからないし」

「ああ、そうよね。今のフロリナって、宗教の授業がぜんぜんないのよね。お祈りっていうのは、手を合わせてお願いしたいこと、反省したいことを頭のなかで考えるの」

「えっ、それだけでいいんですか?」

天にまします我《われ》らの神よ、とか、アーメンとか言うんだろうな、と思いこんでいた美樹は、驚いて目を見開いた。

「そうよ。それだけ。難しいものじゃないでしょ。美樹くん、一緒にお祈りしましょうか？」

美樹は、恐るおそる礼拝室に入ると、シスターを真似《まね》てマリア像の前で膝をつき、合掌して頭《こうべ》を垂れる。

礼拝室はかなり狭く窓がないため、静謐《せいひつ》な空間というよりは、息苦しい感じがする。すぐ横にいるシスターアグネスから、甘い匂いが漂ってきて悩ましい。

美樹は今まで、シスターアグネスをセクシャルな目で見たことは一度もなかった。黒いシスター服は、はじめて見たときその存在感の大きさに圧倒された。見慣れてくると暑そうだな、と思うようになった。

だが、狭い部屋に二人きりでいるせいか、シスター服から浮かびあがる身体の線が、妙になまめかしく感じられる。シスターアグネスの横顔は、マリア像もかくやというほどやさしげだ。

「どうしたの？」

視線を感じたのか、シスターアグネスが無邪気に聞いた。

「えっ、い、いえっ、な、なんでもっ」

「でも、私をじっと見ていたわ。なにか悩みがあるならおっしゃって。寮生の悩み相談に応じるのも、私の仕事なのよ」

「えーと」

美樹は頭をポリポリとかいた。

悩みはある。そりゃもう、胸いっぱいどころか、バケツ、いや、浴槽いっぱいぐらいあって、今にもあふれそうになっていた。

――まひるのやつ、ものすごく機嫌が悪くって、話ができないんです。僕、あいつの気持ちがわかりません。僕はあいつが好きなんです。

――沙亜耶さん、僕を男装の麗人みたいで好きだって言うんです。タッチされるたびにムラムラして、押し倒しそうになるんです。僕、いったい、どうしたらいいんでしょうか。

――体操服に着替えるとき、僕を触ったり、スカートをめくったりするのはよしてほしいです。もうちょっと控えめに、服で隠して着替えてほしいです。

――女子トイレでオナニーをはじめたら、ドアをどんどん叩いて「美樹くん？　どうしたの？　気分悪いなら、先生を呼んでくるね」と同級生が声をかけてくるんで、オナニーさえできないんです。

――先生、僕、欲求不満で死にそうです。

なんてことは、もちろん言えるはずもない。

美樹はつまりつまり話しはじめた。

「えっと、その、なんでこんな、大変なのかなって」

美樹は日常生活のことを言ったのだが、のんびり屋の寮母は、都合よく誤解した。

「ああ、保育実習のことね？　一年の一学期から実習をする学校って珍しいでしょ。班分けで実習するから、上級生と合同だものね。たしかに大変よね。ちょっと聞くけど、美樹くんは、なんで保育士になりたいって思ったの？」

「うーん。きっかけは、中学の総合学習で保育園体験をしたことです。あと、僕ん家《ち》、父子家庭なんですよね。保育園と託児所で育ってきたんで、それで……」

「そうよね。美樹くんって、お母さんがいらっしゃらなかったのよね」

シスターアグネスの表情が、ほんの一瞬泣きそうに歪《ゆが》んだ。

——あ、あれ、同情されたかな……。そんなつもりじゃなかったんだけどな……。

シスターは、気持ちを取り直したようで、すぐに今までと同じ穏やかな笑顔を浮かべる。

「じゃあ、保育実習、がんばりましょう。私もそうだったけど、タダの労働力として使われているだけなのかなって、バカらしくなったりするのよね。でも、逆なの。先生方は、実習生を抱えることによって、仕事が忙しくなるのよ。なのに実習をするのは、保育は頭でなく身体で覚えるものだからよ」

――あっ。そうだ……。あったぞ、相談したいこと。

「僕、前の実習で、ひよこ組の唯菜《ゆいな》ちゃんにミルクをあげたんです。僕だとぜんぜん飲まないのに、先生がするとあっさり飲んでくれて、なにが悪いのかなって思ってるんです。哺乳瓶《ほにゅうびん》の消毒も、ミルクの作り方も、教科書通りにやったつもりなんですが」

「唯菜ちゃんって、生後五カ月よね。この頃の赤ちゃんって、飲みがいいはずよ?」

「そ、それが、僕だとダメだったんです」

「そうねぇ。抱き方が悪いのかなぁ。主任先生に見てもらった?」

――つまり、口に突っこむときの角度ってことだよな?

赤ん坊にとって飲みやすい哺乳瓶の角度というがあるのだろう。だがそれは数値化されたものではなく、試行錯誤することによって覚えるしかないのかもしれない。

「いえ、それが。先生方、みんな忙しそうで、なかなか」

「私からひよこ組の先生に言っておきましょうか?」

「ありがとうございます。シスターアグネス。僕、哺乳瓶って、一度吸ってみたいんですが、僕が保育園の哺乳瓶を吸っちゃ怒られますよね」

「そうねぇ……生徒が哺乳瓶からミルクを吸っちゃ消毒が大変だし、先生が困るわねえ。哺乳瓶はここにはないし……」

シスターアグネスは、顎に手を置いて考えこんでいる。

そして、なにかを思いついたように、ぱんと胸の前で両手を打ち合わせた。

「いい方法があるわ。マリア様に後ろを向いていただきましょうね」

そして、シスターはマリア像を壁際に向かせると、なにを考えているのか、シスター服の襟もとを飾る白い丸襟を取り去った。

――暑いのかな?

あっけに取られている美樹の前で、シスターは黒いワンピースの前ボタンをぷちぷちとはずしはじめた。さらにお腹のあたりまでボタンをはずすと、思いきりよく左右に開く。

「うわっ、わわわっ、わぁぁあぁあっ!!」

美樹は思わぬなりゆきにあわてるばかりだ。いつもなら、シスター服に隠されている乳房が、真っ黒なシスター服の襟合わせからぽろんとこぼれる。

意外にもブラジャーはミルクチョコレートを思わせるチャコールグレイで、胸乳の白さをいっそう際だたせている。大人っぽい色とデザインのブラジャーは、シスターによく似合っていた。

「ああ、これ？　この色だとブラの線が透けないの。シスター服ってぴったりしているから、白だと目立ってしまうのよ」

寮母は背中に手をまわすと、ふふっと意味深に笑った。

そして彼女は、黒いワンピースを着たままで、ブラジャーのホックをはずしてしまった。

黒っぽい色のブラが胸の上に浮き、カップの束縛から逃れた乳房がぷるりんと揺れながら飛びだした。シスターは手を動かして、ブラジャーを胸の上にまつわらせる。

「シスターアグネスッ！　い、いったい、な、なにをっ」

「ふふっ、いいことよ」

先端の頂きはピンクで、ぽつんと小さく尖《とが》っている。周囲を取り巻く乳輪は乳首よりは少し色の薄いピンク色でいかにもやわらかそうだった。

シスターアグネスの乳房は、ＥかＤという感じの大きさで、まひるよりはやや小ぶりだ。彼女みたいなぷりぷり感もない。

なのに、母性そのものというようにふんわりとまあるく盛りあがっている。美樹のニセ乳とはもちろん違う、本物の女性の乳房は、しっかりとした量感があった。

母乳は出ないはずなのに、ミルク系の甘い匂いがする気がして、なぜだか泣けてきそうになった。胸の谷間で揺れる十字架と、着たままのシスター服、すぐ目の前の、そっぽを向いたマリア像が、恐ろしく淫靡《いんび》な雰囲気を演出する。

「シスターアグネス、そ、その、か、隠して、くださいっ。ぼ、僕、そ、その、が、我慢がっ」

美樹は、スカートの下腹部を両手で押さえて顔をしかめた。もうペニスはぱんぱんで、少しの刺激で射精してしまいそうだ。

「我慢しなくっていいのよ?」

「えっ?」

「おっぱいを吸う練習よ。体験に勝るものなしって言うでしょ」

——あ、そうか。僕って、女の子で書類処理されているんだよな。なんだぁ。エッチな意味はなかったのか。

肩から力が抜ける気分だった。

「その、ほんとうに吸っていいんですか?」

「いいのよ。練習だから。母乳は出ないけどね」

——ほんとうにいいのかな……。

「したくないんだったら別にいいけど」

シスターアグネスは、なんでもなさそうな仕草で背中の手をまわし、ブラジャーのホックに手をかけた。

真っ白な乳房が、黒っぽい色のブラジャーに隠される。美樹は、目の前に置かれたごちそうが、箸《はし》を持つ前にさげられてしまったような表情を浮かべた。襟《えり》を合わせようとしているシスターに懇願する。

「し、したいですっ。お願いします。吸わせてくださいっ、シスターアグネス!!」

「いいわよ」

シスターは、その場に正座をした。そして、もう一度襟をくつろげ、背中に手をまわしてブラジャーのホックをはずす。

寮母のふくよかな乳房は、一度隠されてしまったせいか、胸の上に浮いた黒っぽい色のブラジャーと黒いシスター服に彩《いろど》られ、よりいっそう白くふっくらとして見えた。

「来なさい」

——いいんだよな。れ、練習なんだし……。

「ど、どうすれば？」

「膝に頭を乗せて、吸ってみればどうかしら？」

言われるままに寝転がり、シスターの膝に後頭部を乗せる。ぽよぽよとした太腿の感触と、甘い匂いがたまらない。すぐ目の上に乳房があり、乳首が尖《とが》っているのがはっきり見える。

――こんなアングルでおっぱい見たの、はじめてだ……。

なでしこ寮に入寮してから、同級生の着替えや、洗濯途中のブラジャーやショーツ、お風呂あがりにバスタオル姿でうろうろしている女の子など、刺激の強いものを見てきた。だが、そのなかでもシスターの胸乳は、とりわけ官能的だった。

見とれていたら、胸乳の上でシスターの顔が、不審そうにしかめられているのに気がついた。視線は、美樹のスカートで隠されている股間のあたりに注がれている。

――あっ。やばいっ。

美樹はごろんと横に転がると、太腿を前にずらして股間を隠した。両手を床について上半身を支えて頭を起こし、乳首にぱくんと吸いつく。

美樹はフロリナの制服のままなので、さながら泣いている生徒を抱き寄せて慰めるシスターの図だ。

「あんっ」

シスターの喉から、びっくりするほど甘い声がもれた。

――えっ？　ええっ？　も、もしかして、シスター、興奮してるっ!?

「んっ、んんっ……はぁっ……んっ！」

頭の芯がかっとなった。興奮のあまりちゅうちゅうと乳首を吸いあげる。味覚という点では、汗の味しかせず、指を吸っているのと大差がない。だが、擬似《ぎじ》的なミルク臭に包まれる感じがして、ほんわかした気分になる。

――そっか。ひよこ組の園児が指を吸うのは、安心できるからなんだな。

美樹は自分まで赤ん坊に戻った気分になり、無心におっぱいを吸った。はじめ硬かった乳首は、吸ううちにやわらかくなり、口のなかでうにゅーと伸びる。

――うっわー、やわらけーっ。乳首って、こんなに伸びるんだ……。

つい夢中になりすぎたせいか、シスターが顔をしかめた。

「痛いっ」

「あっ、すみませんっ」

美樹は、ぱっと口を離した。

「いいのよ。左も吸ってくださる？」

「え、ええっ、はいっ」

自分の唾液に濡れた乳首が、ほんのり赤みを増しているのを見ながら、反対側を吸う。美樹は、空いたほうの手を乳房に当て、そっと揉んだ。

——うわぁ。すごい。まひるとぜんぜん手触りが違う……。

まひるの乳房はまるでゴムマリみたいにぷりぷりして、手をはじきかえしそうだった。だが、シスターの胸乳は、ふんわりモチモチした感触で、揉むと指が沈んでしまう。まるでつきたてのお餅《もち》みたいな雰囲気だ。成熟して芯が溶けた乳房のやわらかさに目を見張る。

「はぁっ……んっ……んんっ……」

シスターは、なにを考えているのか悩ましい吐息《といき》をあげながら、イイコイイコをするように、美樹の髪を撫でている。

腋《わき》の下の酸っぱい匂い、汗の匂い、甘い肌の匂い、フローラルシャンプーの匂い、それと股間のあたりから漂ってくるミルク系の匂い。それらすべてが混ざり合って、花のような香りになっている。

美樹は、赤ん坊のようにちゅぱちゅぱと音をたてながら乳首を吸った。

横向けに寝転がって、手で上半身を支えている不自然な姿勢のため、だんだん首が疲れてきた。

「あっ」

汗で手が滑り上半身がガクッと落ちた。美樹は、反射的にシスターに抱きつく。シスターは、美樹の体を支えきれず、その場にあお向けになってしまった。

まるで美樹が押し倒したみたいな感じになった。

スカーフがずれて、隠されていた三つ編みが床に流れた。シスターは、きょとんとした顔をして、美樹を見あげている。

「す、すみませんっ。シスター」

「いいのよ。もう一度吸ってみる？」

——ええ？　な、なんだ、なんなんだ？　この反応は？

怒られるのではないかとビクビクしていた美樹は、意外すぎるなりゆきに驚くばかりだ。

「いいんですか？」

「もう、美樹くん、同じセリフばかりね。せっかく私が誘っているんだから、さっさとしなさいな」

——さ、さ、誘っているっ!?

「シスターアグネスっ!?　ぼ、僕っ」

「私が気づいていないって思っていたの？　君のオチン×ン、カチカチになって私の腰のところに当たっているわよ」

「い、い、いつからっ!?」

美樹は、シスターの上から飛び退き、立ちあがった。

股間を隠そうとして体をひねって内股になっているため、スカートが美しく流れてドレープを作っている。女装少年が恥ずかしがっている様子はかわいらしかったが、本人は自分の女らしさに気づいていない。

「風邪を引いた沙亜耶さんを連れてきたときよ。あれっ、おかしいなって思って、事務局に行って書類を確認したんだけど、男性にマルがついているじゃない。驚いたわ」

──バレてるっ。うわあ。どうしたらいいんだっ!?

頭のなかがぐるぐるし、なにも考えることができない。クラスの皆も先生方も寮生も、まだ誰も気づいていない美樹の正体を、シスターだけが知っていたという驚きに目を見張る。

──ウソみたいだ。シスターアグネスって、天然だと思ってたのに……。

フワフワしたやさしそうな雰囲気に騙されてしまいそうになるが、シスターは保育士として働きながら、大学の夜学に通って卒業し、看護士の資格を取った努力家だ。

だてに寮母はしていないということだろう。

「だからね。私にさせて。実習は大事なのよ」

シスターは、わけのわからない言葉を口のなかでつぶやきながら起きあがると、ずれたスカーフを直した。そして、美樹が着ているフロリナの丈の長いスカートをめくりあげ、ベルトに巻きつけるようにとめてしまった。

「あら、下着は男物なのね？」

スカートのなかで、トランクスの前はぽっこりとふくらんで、男根が今にも飛びだしそうになっている。シスターの小さな手が前立てに入り、引っ張りだした。ペニスがぷるるんと揺れながら飛びだす。

「きゃーっ、いやーっ」

悲鳴をあげたのは美樹だった。わざとではない。つい、出てしまったのである。

「女のフリをしなくてもいいのよ」

シスターはくすくす笑いながら、ペニスをモゾモゾといじってくる。

──シスターって、経験者なのかな？　でも、神様に仕えているわけだし……でも、まひるはチ×ポを見ただけで大騒ぎだったぞ……。

「私が全部やってあげるから、美樹くんはそのままじっとしているだけでいいの」

シスターアグネスは大人の女性だ。これだけの美貌なのだから、過去があっても不思議ではない。

——そっか、僕、この人にまかせておけばいいんだ……。

シスターは、検査をするような手つきで男根をいじっている。ひんやりした小さい手がぱんぱんに張りつめた肉茎を這いまわる感触は、背中がゾクッとくるような気持ちよさだ。

「大きいのねぇ」

——シスター、誰と比べているんだろ？

寮母の腕の間でまあるい乳房がたぷたぷと揺れるのを見ていると、この胸乳に挟まれたいという思いがいっそう強くなってきた。

「シスター……その、お願いがあるんですが」

「なあに？」

「パイズリしてもらえませんか？」

「え？　なに？」

「おっぱいでチン×ンを挟んで、揉んでほしいんです」

シスターは、びっくりしたように目を見開き、小首を傾《かし》げた。顔がみるみるうちに赤くなる。

――あ、あれっ？　な、なんだ？　なんで突然？

「す、すみません。言ってみただけです。ダメならいいです」

気持ちがよさそうであこがれていたのだが、シスターがいやがるなら無理強《むりじ》いはしたくない。

「いいわ。こうすればいいのかな」

シスターは膝立ちになって上半身を高くすると、肘を横に張って自分の手で乳房を持ち、右に曲がりながら直立しているペニスを挟みこんだ。

ふよん、とした感触が両側から押し寄せてきて、ヌクヌクの胸乳に包まれる。

「うわぁっ、き、気持ちいいですっ」

シスターが、両脇から乳房を押し揉んでいるせいで、豊かに盛りあがった乳房の谷間から、亀頭がニョッキリ顔を出している。

「こんなのがいいの？」

「はいっ、いいですっ、気持ちいいですっ!!」

「ふうん。不思議ね。男の子の気持ちってわからないな。もっと揉んだほうがいい？」

シスターは、手に力をこめて自分の乳房を揉みはじめた。フワフワの胸乳は、おもしろいぐらいに形を変え、ペニスの周囲にまとわりつく。胸の谷間は肋骨《ろっこつ》が浮いて硬いのに、肉茎を覆うふくらみはこねている最中のパン生地みたいだ。感触の違いが混乱を生み、それが女装少年をよりいっそう興奮させていく。

「んっ、んんっ……ふぅ、ふぅ……んっ、あっ」

シスターは、甘い吐息《といき》をつきながら、ぎゅっ、ぎゅっと乳房を揉んでいく。シスターはかなり汗をかいていて、すべすべのふくらみが男根にぴったりとくっつきながら、押し揉まれる感触がたまらない。

「あっ……んっ、んっ、ふぅっ、あっあっ……ぁあっ」

パイズリの刺激は単調で、まひるにフェラチオしてもらったときのような感触の複雑さはなかったが、それがむしろ美樹を温かい気分にさせた。

興奮は、ふくらむようでふくらまず、まひるのときのような失敗はせずにすみそうだった。

見事な曲線を引く胸乳の谷間から顔をのぞかせた亀頭の先端が、とろとろと先走り液を溢れさせ、つるつるの乳房に染みていく。

「美容液みたいね……」

——シスターは、やっぱり大人の女性なんだ……。

まひるが、ガムシロップみたい、と言ったことを思いだす。

寮母は小首を傾《かし》げながら顎を引き、舌先で先走り液を舐め取っていく。

「うわっ、シスターッ！　うわぁあっ、あぁぁあっ」

唾液の乗った熱い舌が、感じやすい亀頭を這いまわる感触が、高まりきっていた彼の引き金を引いてしまった。

パイズリのフワフワした感触に安心していたときだけに、舌先のツブツブが鈴割れの内側に入りこむようにして前後に動くのは、体全体を揺さぶられるような衝撃だった。

「うわっ、うわあっ、で、出るよぉっ、あぁあっ！」

強烈すぎる刺激に、射精欲求が一気にふくらみ、ペニスがビクビクッと跳ねる。

「あらっ、なにコレっ？　動くわっ」

シスターは、のんびりした口調で言いながら、動きをとめようとするかのように、よりいっそう乳房を持つ手に力をこめた。

裏スジがごつごつのみぞおちに密着し、フワフワの乳房が両脇から押し寄せる。やわらかい拘束が、輸精管を伝いあがってくる精液の勢いをよりいっそう強くした。

ババッ！

「きゃっ」

顔をめがけて発射される白濁液を避けようとしたのだろう。シスターは小さな顎をあげて顔をそむけた。

美樹は、射精の瞬間の、空に向かって飛びあがるような、それでいて地面にめりこんでいくような気持ちよさに目を細める。

射精の勢いは、弱くなったり強くなったりしながら、顎と喉から鎖骨のあたりを濡らしていく。青臭い香りが濃厚に立ち昇る。シスターは、射精途中も乳房を押さえる手を離そうとせず、顎をのけ反らせたままじっとしている。

「す、すみませんっ、シスター」

何度かに分けて発射された精液の噴出が収まったあと、ようやくのことでシスターは乳房を押さえる手をはずしてくれた。わけがわかっていないのか、きょとんとした表情をしている。

赤い三角の舌が出て、唇についた白濁液を舐め取り、苦そうに顔をしかめる。

「すっきりした？　あら、どろどろね」

寮母は、シスター服のポケットから取りだしたティッシュで胸もとを拭いた。そして、ペニスを拭こうとして小首を傾《かし》げる。

「ティッシュがついちゃいそうね。拭くより舐めたほうがいいかしらね」

「えっ、舐めてもらえるんですか!?」

「だって、君のオチン×ン、少し元気がなくなったから。さっきみたいにパンパンにならないと挿入できないんでしょう?」

パイズリだけでもうれしいのに、初体験までさせてもらえるなんて夢のようだ。

——うわぁ。いよいよかぁ……。

「あらら、舐めなくてもいいかな。もうだいじょうぶそうね」

若いペニスはぷにぷにしたやわらかい手の感触と、初体験の期待に興奮し、射精前の姿を取り戻していた。

「うーん。どうしようかなぁ。私が上になったほうがいいのかな。あお向けになってもらえるかしら」

「あ、そ、その……」

「なあに?」

「い、いえ、なんでもないです……」

——マ×コを見せてほしい、なんて言えないな……。

美樹は少しだけ残念な気分を覚えながら、狭い礼拝室の床に横たわった。

ブレザーとスカートの制服を着た美樹は、どこから見ても女に見える。それもとびきりの美少女だ。その彼が、めくりあげたスカートの股間から、ペニスをそそり立ててあお向けになっている。

美樹がドキドキしながら待っていると、ごそごそした気配がしている。

見ないようにしたが、やはり好奇心がふくらんでそっと目を開けたところ、真っ白な双臀が視界に飛びこんできた。

シスターが、ショーツをめくりおろしているところだった。こちらに向けて腰を突きだしているところなので、谷間に位置する秘唇がハッキリ見えた。

楕円《だえん》の形に引き伸ばしたゴムマリの中央に切れ目を通したようなそれは、花びらがほころんで、内側の繊細な桃色の粘膜をあらわにしている。大陰唇は充血して赤く染まり、スリットの部分が銀色に光っている。

――えっ？　濡れてる？　ほ、ほんとに？

紐のように丸まったミルクチョコレート色のショーツが太腿から膝小僧、ふくらはぎと通り、足首から引き抜かれる。

シスターは、スカートを腕で抱えるようにしながら、あお向けになっている美樹をまたいだ。

そして、怖そうに顔をそむけながらも、腰をおろしてくる。

——すげぇ光景……。

濡れて充血した秘部が、美樹のペニスをめがけてさがってくる様子を見ていると、心臓が飛びだしそうな気分になった。

腰をおろす動作に従って、太腿の腱のヘコミが増し、大陰唇のスリットが深くなっていく。熱い水滴が、美樹の太腿に落ちる。愛液の甘い匂いがムワッとばかりに立ち昇る。レモンヨーグルトのような、レアチーズケーキのような、乳製品を思わせる甘い香り。

いよいよだと思った美樹は、息を呑み、体を硬くする。

だが、秘唇が当たる寸前で、腰の動きはとまった。

「……あ……ダメ……」

悲鳴のような声が聞こえたと思うと、すぐに嗚咽《おえつ》に変わっていく。シスターは、両手で顔を覆ってイヤイヤをした。

「ダメ、できな……」

「えっ、シスター？」

美樹はあわてた。興奮の極まりでお預けをされたのだ。あわてないほうがおかしい。

思わず腰を突きあげてしまう。

「そ、その、じ、焦らさないで、く、くださいっ!!」

「いや、こ、怖いっ」

シスターは、きゃっと悲鳴をあげながら飛び退いてしまった。そのとき、寮母の身体がふるえていることにやっとのことで気がついた。

――えっ、怖い？　えええ？　も、もしかして……。

「シスター、その……」

「ご、ごめんね。もう一度寝てくださる？」

シスターは、泣きそうな顔で言い、おずおずと美樹をまたいでくるが、やはり勇気は出ないようで、しくしくと泣きだした。

「はじめて、なんですか？」

「違うわ……」

寮母は否定したが、この様子はバージンだとしか思えない。せつないようなうれしさが、フワッと甘く染みていく。

「シスター、僕にさせてください」

「でも……私、年上だし、先生だから……」

リードしなくてはならない、と思い、怖さを押し殺してがんばっていたらしい。それはいかにもしっかり者の寮母らしかった。美樹は顔をほころばせた。

——ああ、シスター、かわいいなぁ。あ、そうだった、シスターって、看護士だったんだ。そりゃあ、チ×ポを見慣れてて当然だよなぁ。

その寮母が、美樹の男根を見て「大きいのね」とつぶやいた。

——あ、そうかぁ。そうなると僕のチ×ポ、普通より大きいんだ。

自分がえらく、大きな存在になった気分がした。

美樹は、女装し、女の子たちと一緒に過ごし、いろいろなことに遠慮をしながら生活している。服装の魔力に引きずられ、だんだん女っぽくなってくる自分に、情けなさを覚えるときもあったのだが、落ちこむことなんてないのだと思えてくる。

「そんなこといいんです。僕もはじめてだし、一緒にやってみたいんだ」

——うわあ、僕、えらそうなことを言っているなぁ。

自分の声が、いかにも自信ありげで、落ち着いた響きを帯びていることに気づき、苦笑してしまう。

美樹は自分では意識していないものの、典型的な保育士気質だった。未熟なものが目の前にいたら、保護して慈《いつく》しみ、育ててあげたいと思ってしまう。弱い者をかばわずにはいられない性格なのだ。

「そ、そうね。で、でも、私、がんばるわね」

これもまた保育士気質のシスターが、上半身を起こそうとした美樹を押しとどめた。そして再びまたがってきた。

だが、今度はふるえながらも自分の手で秘唇をラビアごと開き、もう片方の手でペニスを持ち、腰を揺らしながら位置を合わせてきた。

「うっ、こ、怖い……く、くくっ」

美樹は、シスターの腰に手を添えて支えた。お預けを食らわされている亀頭が、ほんの一瞬熱い粘膜に触れ、また離れる。

黒衣の美女は、眉根を寄せ怖そうに唇をふるわせながら、くなくなと腰を揺らしていた。

ウエストを基点にして上半身がSの字にくねり、黒いシスター服の襟からのぞく乳房がぷるぷると揺れる。うっすらと汗の雫《しずく》を帯びた白肌は、油を塗ったような光沢を見せていた。

亀頭に秘唇が触れてすぐに離れる感触は、美樹をひどく高まらせた。

「だ、だめっ、やっぱりダメっ」

「シスター、シスター、僕にまかせてっ」

美樹は、先生の両手首をつかんで引いた。ほどよく脂肪《しぼう》が乗った女ざかりの身体が美樹の胸に倒れこんできた。

「あっ」

美樹は、ひどくふるえている彼女をしっかりと抱きしめると、巻きこむようにして寝転がった。美樹が上、寮母が下の正常位になる。

美樹は、手で膣口を探った。ぬるぬるの粘膜の熱い感触にドキドキしたが、濡れた熱いクボミはすぐに見つかった。

少し指先に力をこめると、にゅるりと沈む。奥は熱い泉だった。

——ここに入れればいいんだよな。

痛いぐらいに勃起したペニスを膣口に押し当て、シスターの肩先を抱いてぐっと押しこむ。美樹の胸板に、シスターの乳房が密着してつぶれる感触がたまらない。邪魔っけなスポーツブラがなかったら、もっと気持ちがよかったことだろう。

二人はお互いに無言になった。まるで儀式のように真剣な面もちでシスターは腰を浮かして受け入れる準備をし、美樹はどぎまぎしながら腰を進める。

「あっ……」

「す、すみませんっ……」

熱い粘膜に包まれるはずのペニスはなにかに邪魔され、膣口からはずれてしまった。秘芽を押しながら鼠蹊部《そけいぶ》に進む。

——はずした……。

かっとして、なにも考えられなくなってしまった。

「だ、だいじょうぶ、はじめてだもん。当然でしょっ、ね、一緒に、一緒にね」

「あ、はい、あ、そ、そうか……」

挿入が果たせなかったのは処女膜のせいだと思い至る。

「こ、ここよっ。ねっ、わ、私、ゆ、指でひろげてるからねっ」

美樹よりも、シスターのほうがおろおろしている。生徒を励まそうと必死になるあまり、羞恥や恐怖が脇に追いやられているらしい。

「こ、ここ、ですよね」

もう一度位置を合わす。いきり立った亀頭がにゅるにゅるの粘膜に触れる。はずれてしまわないよう肉茎に手を添えながら、腰をぐっと進めていく。

熱い肉のクボミを、ムリヤリに押しつぶす感じがした。次の瞬間には、熱く太い肉の輪ゴムが、亀頭の周囲を押し包んでくる。

「あっ、あぁあぁっ、くくくっ、うぁっ!!」

シスターの喉から苦しそうな悲鳴があがり、腰がぐうっとせりあがった。まるで、もっと奥まで入れてほしいの、とおねだりしているような姿勢になる。

「うっ、ううっ、シスターっ、ち、力、ゆるめて……」

「む、ムリよっ、くくっ、い、痛くてっ、く、くくっ」

美樹は逆上してしまった。寮母の苦しがりように心が痛み、今すぐやめなければと思う一方で、この奥に入れてしまいたい、という欲求がせめぎ合う。

「うっ、硬いっ、うっうっ、くっ!」

処女膜が全力で抵抗してくる感触がたまらない。美樹は、小刻みに動きながら進路を確保していった。ペニスが痛むほどの狭い輪は、肉茎のまんなかあたりまで膣ヒダに沈んだとき、唐突にはじけた。

「きゃぁあぅうっ、い、痛ぁいぃっ!!」

ぷち、という感触が腰に響き、ペニスが一気に膣奥を突きあげる。丸いボールを植えこんだような子宮口に亀頭が当たり、コツンと硬い音がする。

「は、入った……」

「そ、そうね……すごい、美樹くん……すごいわ」

シスターは、美樹の髪を撫でながら、ほっとしたような笑顔を見せた。

賛辞が気持ちよく体に染みる。大人になったような、違う自分に生まれ変わったような気分だ。達成感と爽快感は相当のもので、歌いだしてしまいたいほどだ。

「シスター、すみませんっ、痛い思いをさせてしまって……」

「ううん。だいじょうぶよ。美樹くんの、すっごく立派なんだもん。患者さんの誰よりも大きいんだから。まさか、スカートの下に、そんなすごいのが隠されているなんてね」

シスターは、破瓜《はか》に安堵《あんど》したらしく、楽しそうにおしゃべりをはじめた。

——もう痛くないのかな?

「シスター、もうだいじょうぶなんですか?」

「ええ、さっきはすごく痛かったけど、今はそれほどでもないわ」

すべすべしていたのは処女膜だけで、その奥はイクラの粒を一面に植えつけたような感触をしていた。カズノコというよりも、膣ヒダ全体がスジコでできているみたいだった。

何百もの突起が、肉茎に押し寄せてきつく締まったかと思うと、ふわっと力が抜けて触手が肉茎に吸いつくようにして撫でさする。

しかも膣ヒダが締まるとき、肉壺全体が、ドアノブをまわすようによじれるのだから、たまったものではなかった。

美樹は、腕を立てて上半身を起こすと、ゆっくりと腰を引きはじめた。じゅっぷりと濡れた蜜壺は、お願い抜かないで、とばかりに肉茎にねっちゃりと絡みついてくる。

結合部を見ると、肉茎についた赤いスジがはっきり見える。まぎれもない処女のあかしに、頭の芯がかっとなる。

シスターが、ほうッと安堵したような息を吐く。

「シスター、はじめて……だったんですね」

「ええ、そうよ。バレちゃったわね。経験豊富なフリしてたのにな」

シスターは唇を尖《とが》らせるようにして言った。

——かわいいなぁ。シスター。

「処女だと恥ずかしいですか?」

「三十歳だしね。恥ずかしいっていうより、照れくさいっていうのが本音かな」

美樹は、ペニスで膣ヒダをかき混ぜはじめた。クプッ、と蜜壺がエッチな音をたて、熱く濡れた肉ヒダが肉茎に絡みつく。

「あっ、あんっ、はぁ……」

シスターは、さも、気持ちよさそうな吐息《といき》をあげはじめた。さっき、苦痛はないと言っていたが、ほんとうにぜんぜん痛くないらしい。

黒いシスター服に包まれた、熟れ頃の肉体が、美樹の腕の下でぴちぴちと跳ねる。開いた襟の合わせから、プルプル揺れる乳房のふくらみと、その谷間にある十字架が見える。

「はぁっ、気持ちいいわぁ……あんっ、あっ、んんっ」

ペニスを引くときは、膣ヒダが肉茎を引き留めようとするし、押しこむときは、粘土の海に沈めるような抵抗感がある。

——シスターが、こんな顔をするなんて思わなかったな……。

突きこむたびに快感が増していく様子で、表情が淫蕩《いんとう》に変わっていく。

もうスカーフはすっかりずれてしまっていて、シスターが顔をくなくな振るたびに、ゆるく編んだ三つ編みが床を這う。信仰の象徴がはずれて、女としての部分がのぞいているようで、感動に近い驚きを覚えてしまう。

「うっ、くっ、僕も、き、気持ち、いいですっ」

「うん……あっあっ、わ、私もよっ……んあっ、くっ、くくっ」

この美しい女性は神に仕えるシスターで、保育実習の指導教官で寮母。美樹よりも立場も年齢も上のひと。

　とうてい手が届かないと思っていた女性が、美樹の腕の下で悶え、気持ちよいと言ってくれる。こんなにうれしいことはなかった。もっともっと気持ちよくさせてあげたいと思ってしまう。

「どこが気持ちいいですか？」

「まんなか、かしらね……あうぅっ、く、くっ」

「膣のなか、って、意味ですか？」

「うん、ガリッ、ガリッて、美樹くんのが、くっ、あぅっ、ひ、引っかくときにね、うっ、お、お腹のところが……あぅっ、ふぅっ、ヒクンってなるの」

　――真んなか、Gスポットだっけ？

　美樹は、ペニスを浅く突き入れた状態で小刻みに動きはじめた。亀頭のエラが肉壺の中央をかく感触が気持ちがいいらしい。

「あっ、そう、ソコ、ソコよ。あっ、感じるっ！　あぁあぁあっ」

　シスターの様子が、はっきりと変わってきた。じゅっぷりと濡れた膣ヒダがよりいっそう熱くなり、下肢が美樹の腰にまわり、くなくなと揺れだしたのである。

　見慣れたシスターのエッチな様子に興奮がいやおうなく煽《あお》られて、律動がどんどん速くなっていく。

「うっ、うっ、ぼ、僕、も、もう少しで……うっ、ど、どうしようっ」

そろそろ射精が近い。腰の奥で熱いマグマが煮えたぎり、出口を求めて荒れ狂う。

膣外射精をするべきだと頭ではわかっている。だが、もっと長くこの熱い肉を感じていたかった。このなかで出してしまいたいという、本能的な欲求が荒れ狂う。

「あっ、いいわっ、感じるっ、い、いいのよ、な、なかで、出して、わ、私は、シスターだから」

——えっ？　いいのか？　ほんとうにいいのか？

シスターだから膣内射精をしてほしいという要望はひたすら不思議で、寮母の顔をまじまじと見てしまう。

だが、考えるヒマはなかった。膣ヒダがキュキュキュキューと締まったからである。

「な、なにコレッ？　飛びそうっ!!　あああぁあぁあぁあっ!!」

「うわっ、シスターっ、で、出るっ、出るよぉっ!!」

お願い、早く精液をちょうだい、と催促するような膣ヒダのうごめきに、はじめての美樹は耐えられるわけもなかった。

抜かなくてはという思いと、なかで出してしまいたいという本能的な欲望が交錯する。

「お願い、精液をちょうだいっ!!」

シスターのどこか必死なおねだりに、美樹はズウンと腰を打ちつけた。

ドブッ、ドクドクッ、ピュクンッ!!

ペニスが年上の美女の肉壺のなかでしゃくりあげ、白濁液を発射していく。

「イッちゃぅぅぅうっ!!」

黒衣のシスターの全身が、痙攣《けいれん》を起こしたようにヒクヒクッとふるえだし、膣肉がドアノブをまわすようにきゅうるりとよじれた。弱くなっていた射精の勢いが、再び強くなった。

シスターの顔がエロティックに歪《ゆが》み、剝きだしの乳房がプルプルッと揺れる。

「うっ、ううっ、うっ……ううっ」

女の人の肉体が射精を受けとめてくれる感触は、オナニーやペッティングとはまた違う精神的な充溢感があった。

射精がすべて終わってからも、膣ヒダは肉茎を舐めあげるようにうごめいている。

美樹は、ペニスを突き入れたままで、輸精管のなかに残っている精液の最後の一滴を吸いだそうとするような、膣肉の動きを楽しんでいた。

☆

シスターがマリア像をこちらに向け、そっと両手を合わせた。

穏やかな表情は、もういつものシスターだった。髪はスカーフで隠され、黒のシスター服が熟れた肉体をくるぶしまで包んでいる。

「シスター、すみません。なかで出してしまって……」

「いいのよ。カトリックは避妊を禁じているの」

「そ、そうなんですか。それは知りませんでした」

——このひとは、やっぱりシスターなんだな……。僕のせいで神様を裏切らせてしまったんだ。

美樹は、その場に正座したままうなだれた。すっきりしていたのは射精のすぐあとぐらいで、やってしまったことの重大さにおろおろしてしまう。

シスター服のアグネスが、しおたれた様子のボーイッシュ美少女の背中を力づけるような調子でポンと叩いた。

「なにを暗くなってるの。だいじょうぶよ。私、主導誓願を解くつもりだから」

「えっ、それって」

「還俗《げんぞく》よ。シスターをやめて普通の女に戻るの」

「えっ、ええっ、えええっ？」

「驚かないでよ。私、子供が欲しいのよ。三十歳だしね」

「あっ、なるほど……」

実習のとき、保母としてのシスターアグネスを見た。子供が好きなのは痛いほどにわかった。シスターのままだと一生自分の子供は持てない。それはアグネスにはつらいことだったのだろう。

「なでしこ寮、本当は閉鎖される予定だったのよね。フロリナも変わったし、いい機会かなって思ったの」

シスターは淋《さび》しそうだった。

なでしこ寮は、美樹とまひるが入寮したことで閉寮が延びたそうだが、閉鎖が検討されているボロボロの建物だと入学前に聞いていた。

寮母であるシスターアグネスにとっては、居場所がなくなるような、やるせない気分なのだろう。

「私ね、先週の日曜、お見合いパーティに行ってみたのね。でも、ダメだった。私、男の人、苦手だなって思っちゃって。美樹くんだと怖くないから」

「ああ、それで」

日曜日、寮母は薄化粧をし、しゃれたワンピースを着、パンプスの踵《かかと》を鳴らしてお出かけをした。珍しいなと思っていたら、お見合いパーティだったのだ。

セックスの最中、シスターは実習だと口走った。なんのことかわからなかったが、ようやくのことで腑《ふ》に落ちた。

「そうなの。ごめんね。怒らないで……でも、私が、美樹くんがいいなと思っていたのは本当よ」

「逆ですよ。僕、うれしいんですよ」

美樹をいいなと思い、はじめてを捧げてくれた。それは美樹には、とてもうれしい事実だった。

「うん。私もうれしいな。美樹くん、やさしかったし、一生懸命リードしてくれたもん」

「その、シスター、僕のこと、学校には？」

「黙っておくわ。私はなにも知らない、気づかなかったで押し通します。でもね、美樹くん、私の生徒たち、寮生たちを傷つけないと、マリア様に約束してください」

寮母は、座り直すと、きっぱりした口調で言った。美樹もつられて座り直す。

「は、はい。約束します」

「マリア様に誓ってください」

「誓います。まひると沙亜耶さん。同級生のみなさんを傷つけません」

美樹は殊勝《しゅしょう》に手を合わせた。

「沙亜耶さんにはまひるさんの部屋に移動してもらうわ。まさか、男女同室ってわけにいきませんから。部屋に鍵もつけなきゃね。異論はありませんね」

「はい。あの、シスター、キスしてもいいですか」

「そうね。このキスで終わり。わかった？　このドアを一歩出ると、寮母と寮生に戻るのよ」

シスターは、美樹を抱き寄せると、おでこにちゅっとキスをした。

——おでこかぁ……。

「僕もキスしていいですか？」

「いいけど、唇はダメ。ファーストキスは、夫になるひとにあげたいの」

茶目っ気たっぷりに片目をつぶったシスターは、とてもかわいく、輝いて見えた。

「夫になるひと」への嫉妬《しっと》の感情に、胸の奥がズキンと疼く。美樹はせつなさを胸の奥で転がしながら、シスターのおでこにキスをした。

Ⅳ ロストバージンはアナタに

「おねえちゃん先生っ、ブランコ押して」

「あーっ、だめよっ、飛び降りちゃダメっ、危ないわっ」

「きゃははっ、追いかけっこしようよっ」

「いやーっ、それ、僕のおもちゃーっ」

「貸してよぉっ、あたしも使いたいんだからっ」

「取り合いっこしちゃダメよーっ。順番にね」

晴れの日の園庭は、子供たちの歓声と保母さんの声、保育士見習いの生徒たちの悲鳴が響き、にぎやかを通り越してうるさいほどだ。

ブランコや滑り台、登り棒などの遊具でそれぞれに遊ぶ園児たちを、五月の太陽が明るく照らす。

「おにいちゃん先生っ、こっち来ーい」

「おねえちゃん先生だろっ。間違えるんじゃないぞっ。おいっ、待てっ。つかまえるぞーっ」

「えへへっ。つかまらないよーっ」

美樹は、子供たちと一緒に追いかけっこをしてはしゃいでいた。もちろんこれは実習なのだが、お日様の下を園児と一緒に園庭を駆けまわるのは楽しくて、遊んでいるという表現がぴったりくる。

ひまわり保育園は、以上児（年少さん以上）用の大きな園庭と、一歳児用、二歳児用の園庭とがある。やはりいちばん体力を使うのは年少さん以上の実習だ。

汗だくになりながら、子供と一緒に走りまわっていたときのことだった。

――危ないなぁ。あの子……。

美樹はジャングルジムの下で足をとめた。男の子が、いちばん上の段に腰をかけ、後ろ手に棒を持ち、足をぶらぶらさせている。いかにも不安定な姿勢で、落ちてしまいそうで怖い。

たくさんいる保母さんも、実習生も、その子には注目していないようだった。本来ならあってはいけないことながら、まるでエアポケットみたいに、その園児の周囲だけに、保育士の目がなかったのである。

美樹はジャングルジムの下に立ち、はらはらしながらその子を見あげた。いちご組の男の子でやんちゃで有名な子だ。名前は確か……。

「勇気くん。僕と一緒に遊ぼうよ」

美樹は不安定な姿勢の園児に声をかけ、そうっと手を伸ばした。まさにそのとき、下から登ってきた別の園児が、勇気くんの体にぶつかった。男の子はバランスを崩し、頭から地面に向けて落下していく。

「危ないっ！」

美樹の心臓が躍りあがり、いやな汗が全身に噴きだす。まるでスローモーションのように、勇気くんの髪が逆向きになびいている様子が見える。落ちている園児は、わけがわかってないのかきょとんとした表情を浮かべている。

「きゃあぁあああぁあっ!!」

悲鳴をあげたのはぶつかったほうの園児だった。

美樹の体に、アレドナリンが荒れ狂った。園児に向かって手を伸ばしている最中だったから、その手をさらに伸ばし、落ちてくる園児を抱き留めた。衝撃で背中から園庭の砂利土の上に倒れこむ。

「うっ、くくくくっ」

二メートルの高さから落下した十五キロの男の子を抱き留めた衝撃はやはり強く、まるでコンクリートのカタマリがぶつかってきたみたいで息がとまる。

美樹は園児をしっかりと抱きしめたまま、地面の上をごろごろと回転した。

「きゃんっ」

子犬のような声が響いた。尻餅《しりもち》をついた沙亜耶が、痛そうに顔をしかめている。

勇気くんを助けようとして必死になったあまり、同じように助けようとして駆け寄ってきた沙亜耶を突き飛ばしてしまったらしい。沙亜耶は上級生だが、斑分けの都合からか、よく実習で一緒になる。

沙亜耶も気になるが、園児にケガがなかったかどうかのほうが大事だった。抱きしめていた勇気くんを立たせ、美樹も腰をさすりながら立ちあがった。

——落ち着け、落ち着け、僕！　まずはケガの確認だ。

美樹はつとめて冷静に園児の様子を観察した。

泣いていないし、失神したわけでもない。どこも痛そうなそぶりはしていない。

「おっ。勇気くん。泣かなかったな。えらいぞ。どっか痛いところはないか」

「うん。だいじょうぶだよ。ぜんぜん平気」

「いちばん上の段で足をぶらぶらするの、危ないからやめとこうな」

「うんっ。わかった！　もうしないっ」

「よしっ、いい子だっ!!」

「おねえちゃん先生ありがとう」

彼は元気よくお礼を言うと、空いたブランコへと駆けていった。

美樹が安堵《あんど》の吐息《といき》をもらしたとき、感心した気配とともに、拍手が散発的に響いた。

悲鳴にびっくりした保育士が美樹を注目していたらしかった。

——なによ。何事なの？

——ほら、一年の美樹くんよ。あの、自分のことを僕っていう子。落ちてきた園児をキャッチしたのよ。

——ふうん。すごい。運動神経が発達してるのね。女子にしては珍しいわね。力持ちなのね。

——これは美樹くんのお手柄ね。

保育士と実習生のあいだに賞賛の気配が流れるが、興奮状態が収まりきらない美樹は気にする余裕がない。

園庭の砂利土に座りこんだまま、拍手をしている沙亜耶に手を伸ばす。

「だいじょうぶですか？」

手を貸そうとしてしゃがんだときのことだった。

「おにいちゃん先生っ、おんぶしてぇっ。一緒に遊ぼうよーっ」

さっき、追いかけっこしていた園児が背中にダイビングしてきた。美樹はたまらず前のめりに転んでしまう。沙亜耶を押し倒すかたちになった。

園庭の砂利土の上に横たわり、美樹の腕の下になった彼女は、きょとんとした表情を浮かべている。沙亜耶の顔が、たちまちのうちに真っ赤になった。

とっさに地面に両手をついて上半身を支えたので、沙亜耶の身体にのしかかるような、失礼なことはせずにすんだが、赤く染まった沙亜耶の顔を見てどぎまぎしてしまう。

「うわぁぁあっ。す、すみませんっ」

謝罪し、あわてて立ちあがり、沙亜耶にも手を貸して立たせる。

「うわーっ。おにいちゃん先生とおねえちゃん先生、ラブラブだーっ」

園児が無責任にはやしたてるものだから、メガネの美少女上級生はいよいよ真っ赤になっていく。

とぼけた印象を与えるフレームの丸いメガネの奥で、頬を真っ赤にして恥じらっているる沙亜耶の様子はとてもかわいい。

――うひゃー、みんな注目しているよー。

意識しすぎるあまりギクシャクと手足を動かしながら、その場を離れようとしていたときのことだった。

「いやらしいんだから……」

まひるが辛辣《しんらつ》な言葉を投げつけた。沙亜耶の顔が歪《ゆが》み、泣きそうな表情になった。

沙亜耶の顔に一瞬浮かんだ、うろたえたような色を見抜けるほどの余裕は美樹にはない。

「おいっ。まひるっ！　言いすぎだぞっ!!　おまえ、そんなヤツじゃなかったはずだろっ!?」

まひるは、両手を握りしめて言った。叫ぶというよりは、絞りだすような声だった。

「美樹なんか嫌いっ！　私のなにがわかってるって言うのよっ。沙亜耶ちゃんも嫌いっ!!　大嫌いっ!!」

顔は真っ青になり、身体全体をぶるぶるとふるわせている。まひるの大きな瞳に涙が盛りあがり、頬を伝って落ちていく。

まひるの様子ははっきりとおかしく、動転せずにはおられない。

——まひるが泣いている……。

それは、美樹にとって、ガンとくる光景だった。元気で活発なまひるは、さばさばした男前な性格で、湿っぽいこととは無縁だった。

彼女が泣いたところを見たのははじめてだ。子供の頃は、のんびり屋で泣き虫の美樹をかばってくれる、頼れるお姉さんみたいな存在だったのだ。

園庭がシンとした。園児たちも、妙な雰囲気を感じ取ったのか、黙りこんで二人の顔を見比べている。

「あらあ、どうしたのかしら」

のんびりした声が響き、黒い色彩がこちらに向かって歩いてきた。シスターアグネスが、小首を傾《かし》げてこちらを見ている。指導教官の登場に、実習生が姿勢を正す。

「ここは保育園です。園児たちの世話ができないのなら、お帰りなさいな」

シスターはやさしげに笑いながらも、毅然《きぜん》とした口調で言った。

まひるは、電気に打たれたようにビクッとすると、シスターに向かって深々とおじぎをした。

「失礼しますっ！」

片手で口を押さえながらスカートをばさつかせ、出口に向かって走っていく。

「まひるっ、おいっ」

美樹は迷った。沙亜耶が、どこかギクシャクした動作ながらも、園児と手をつないで遊びはじめたのを見て、考えが決まった。

「失礼しますっ!!」

シスターと園庭に向かっておじぎをすると、まひるを追って走りだす。

今日の実習の指導教官はシスターアグネスだ。悪いようにはしないだろう。

☆

「まひる」

美樹は、まひると沙亜耶の部屋のドアをノックした。返答はないが、まひるがドアの向こうで息をひそめていることは気配でわかる。

ドアノブをまわすと、あっさりとドアが開く。ソックスを履いた足先が、ベッドの向こうにのぞいていた。

「まひる。そのう……入ってもいいかな」

返答はない。美樹は思いきって部屋のなかに入り、まひるの前にまわりこんだ。まひるは膝を抱えて座っていた。

「まひる」

声をかけると、まひるはうれしいような、驚いたような表情を浮かべて美樹を見たあと、ぷいと顔をそむけた。ポニーテールが肩先で跳ねて顔を隠す。

「どうしたんだ。おい？　腹が減ったんなら、僕がなにか作ってやろうか。ホットケーキとかどうだ。それともチョコを買ってきてやろうか。プリンとかでも」

「あは……子供だぁ……」

顔は腕のなかに隠れたままだが、苦笑しているような響きにほっとする。少なくとも、今までのとりつくしまもない、という雰囲気ではない。

――よかった。まひる、今日は怒ってないみたいだ……。

「あれ、そうか。僕って子供っぽいかな？」

「違うよ。私を子供扱いしてるって言ってるの」

「うーん。そうかなぁ。まひるがしっかりしているのは、僕はちゃんと知ってるけどな」

「私のこと、なにも知らないくせに……」

まひるは、腕のなかに顔を埋めたまま、くぐもった声で言った。

——実習のときも同じことを言ってたな……。

「なんのことだよ?」

「私の気持ちを知らないくせにって言ったのよっ!!」

美樹は、ぽかんと口を開けてまひるを見た。

——気持ちって、それって、それって、つまり?

まひるは、美樹の鈍重さに、いらいらを募らせてしまったようだ。悲鳴のように言い放つ。

「もう、いらいらするっ。私、美樹が好きなのよっ!!」

ついに言ってしまった、という表情を浮かべ、一瞬口ごもったまひるだが、一息に言いきった。

「好きだから、一緒にいたいと思ったんだよっ。なのに、美樹ったら、ぜんぜん気づいてくれないんだもんっ。あのときだって、私、どれだけ一生懸命、美樹を誘ったと思ってるのよっ!?」

——ああ、そうか、そうだったんだ。それで……。

ようやくのことで腑《ふ》に落ちた。女性であるまひるは、美樹とは違い、入学できる学校がいくつもあった。そのなかであえて遠方のフロリナを選んだのは、美樹と一緒にいたかったせいなのだ。

驚きとともに、甘いうれしさが胸にひろがっていく。

「僕はまひるが好きだよ」

「ウソッ⁉」

まひるが、驚いたようにして立ちあがった。

「ウソじゃないよ。幼なじみで、ずっと一緒だったんだから、嫌いなはずないじゃないか。嫌いだったらとうに距離を取っているよ」

——ああ、そうだよな。僕、まひるが好きなんだ。

口にしてはじめて、自分の気持ちがはっきりした。

お隣りさんで、ずっと一緒の幼なじみ。きかん気なまひると、おっとりタイプの美樹は、不思議なほど気が合い、よく一緒に遊んだ。あの頃からまひるが好きだった。

まひるは世話好きでかわいくて、男なら誰もが振りかえるような美貌の少女だ。好きにならないわけがない。

「だっ、だって、あのあと、美樹ってば、へーゼンとしてたっ‼」

「僕も恥ずかしかったけど、僕がうろたえたら、まひるに悪いだろうって思って、そ、それで、なるべく普通にしてたんだ。僕はまひるに嫌われたって思ってた」

「う、うん。そうよ。わ、私は、嫌いよっ。美樹なんか嫌いよっ。だいっきらいっ!!」

まひるはぷんすかと怒りだした。気持ちを伝え合ったのに、べたべたと甘えてこないところは、いかにもまひるらしかった。

「でも、さっき、好きって」

「す、好き、だけど……悔しいんだものっ」

「な、なにがだ。なんのことだ?」

「悔しいよ。だって、私、怒ってばっかりだったもんっ。両思いだってわかってたら、もっとかわいくなれたのに……」

「そうかな。まひるはかわいいけどな」

「私、かわいくないよっ。ああ、やだな……私、なに怒ってるんだろ。美樹がこんなに好きなのに」

「光栄だよ……」

美樹はそっとまひるを抱き寄せて、唇を合わせる。ひんやりフワフワした感触に感動してしまう。

——ファーストキスは夫になるひとにあげたいの……。

自分を大好きだと言ってくれる女の子を抱きしめてキスをするのは、初体験にも増してしあわせな気分になる。キスは特別。恋人のあかし。大好きだと伝える大切な行為。

胸のなかで誓いの言葉を噛みしめる。

——マリア様、シスターアグネス、約束します。僕はまひるを傷つけません。

「んっ」

怖そうに歯を噛みしめていたまひるだが、やがて息苦しくてならないとばかりに唇を開いた。美樹は、舌先をそうっと差し入れた。びっくりして引っこんだ舌を追いかけていって舌先を舐め、緊張を解かしていく。

「んっ、んん……んっ……はぁ、ふ……」

にゅるにゅるの熱い舌を絡め合い、吸い合っていると、どんどん体が熱くなる。

やがて二人は、どちらからともなく唇を離した。

まひるはきゅっと唇を噛むと、スカーフをほどいた。そして、制服のブレザーとベストとブラウスのボタンをはずしてしまった。そして、背中に手をまわし、ブラジャーのホックをはずしてしまう。

学校の更衣室で見慣れている光景だが、思いきりのよい行動に、美樹のほうがどぎ

れる。

見かけとは違って頑丈なつくりのブラジャーの下から、Ｆカップの若い乳房が現わ

だが、まひるの行動は、美樹の予測を裏切ってきた。ぶすったれた口調で、投げつ

——そ、そう来たかっ⁉　抱いて、とか言って甘えてくるんだろうなぁ。

けるように言ったのである。

「つづき、しようよ！」

「えっ？　つづき……ああ、シスターに邪魔された、あの」

「うん。しようよ。私、美樹と……したい……」

セックス、と言葉のかたちに唇が動いた。

「だって、私、美樹を思って……してた」

オナニーと唇が動き、言葉にならない言葉をつぶやく。

——そうか。まひる、照れてるんだ。かわいいなぁ……。

美樹は、まひるを抱きあげた。

美樹にお姫様だっこで抱きあげられたまひるは、思わず悲鳴をあげてしまった。

らかく受けとめる。

「きゃっ」

いつもひとりで寝ているベッドのスプリングが、制服の胸を開いた女子高生をやわ

――そうかぁ。いよいよ初体験なんだ。

うれしさと怖さが胸をいっぱいにする。緊張すると多弁になるのはまひるのクセだ。

「私、フェラチオ、やってあげようか?」

「いいよ。そんな」

「でも、私、美樹のしてほしいこと、なんでもやってみたいんだ」

「じゃあさ、笑ってよ」

「こ、こうかな?」

「うん。怒ってるまひるもかわいいけど、笑ってる顔のほうがずっとかわいい」

「そうだよね……私、怒ってばっかりだったよね」

美樹があまりにもあっさりと、女子校になじんだのがショックだった。女装姿の美樹がかわいいのも悔しかった。

頼ってもらえるだろうと思ってたのに、美樹はぜんぜんまひるを頼ってくれなかった。必死で誘惑したのにセックスまでいかず、照れくさくてならないのに、美樹は平

然として日常生活を送っていた。

それらすべてが重なって、まひるの機嫌は激悪で、美樹に当たり散らしていた。

でも、美樹は、ちゃんと男だ。女っぽく見えても、中身はすごく男っぽい。

——私、なにを心配してたのかな……。

ギシッと音をたててベッドに乗ってきた美樹は、まひるに覆いかぶさってキスの雨を降らせながら、乳房を揉んでいる。

自分を抱きしめる美樹は、制服を着て襟を閉じたままなので、女子生徒そのものに見える。

——美樹って綺麗だな……。ほんとうに女の子みたい……。

見とれていたときのことだった。美樹がいじっている乳房にキリッとした苦痛が走り、身体全体がビクンッとふるえた。

「……んっ」

「痛い？」

「ん、そうね、ちょっと痛い」

「やめたほうがいい？」

「ううん。美樹になら痛くされてもいいの……もっと揉んで」

まひるは怖そうにはずした美樹の手首をつかみ、乳房につけた。美樹は宝石を扱うように慎重に、やさしい強さで乳房を揉んでいる。

「くっ……んっんっ、あぁっ……」

若い乳房は感じやすく、少しの刺激で乳房の芯が硬くなり、揉まれるたびにきゅんきゅんと音が鳴る。そのきゅんとした痛さがせつなくなるほどの気持ちよさを生みだしていく。

「好きよ……好きよ、美樹、大好き、い、痛いっ、くっ……」

「こうするとどうかな。痛くないかも」

美樹は乳首を舐めまわしはじめた。尖《とが》らせた舌先で乳首を前後左右に転がして、まひるに悲鳴をあげさせる。

「ひゃんっ、ひゃうっ、く、んんんっ」

にゅるにゅると這いまわる、熱い舌の感触がたまらない。美樹は片手で左の乳房をいじりながら、乳首をちゅうちゅうと音をたてて吸いはじめた。Fカップの大きな乳房は、硬いほどに若く張りつめて、揉まれるたびに少しずつ大きさを増していく。

「あっ、ああっ、気持ちいいよぉ……ソレ、いいっ、あんっ、すごぉい……」

肌はシットリと汗が浮き、油を塗ったようにヌメッとした光沢を見せはじめた。大好きな少年の唾液に濡れた乳首が、つんと尖って上を向く。

「あっ、やぁん、気持ちいい……んっ、くぅっ……だめっ、お乳、い、痛いっ、あんっ」

吸われる乳房は溶けそうなほど気持ちがいいのに、揉まれるほうは痛い。まひるはベッドの上でぴちぴちと跳ねた。

胸にきゅんとくる刺激は苦痛と快感を伴いながら、まひるを高めさせていく。下腹の内側がズクンと疼く。

——あ、あれっ？

トクンと音がして愛液が落ち、ショーツの内側を濡らした。まひるはあわてて太腿を締め、大陰唇をぴたりと閉じた。

「あれ、匂い、変わった。こっち、触ってもいい？」

「えっ、やだっ、匂いなんて言わないでっ」

「ご、ごめん」

自分で手を伸ばし、ショーツをおろそうとしてごそごそする。

「僕がするよ。いいかな」

「う、うんっ」

美樹の手は、もうショーツの脇にかかっている。まひるは少しだけ腰をあげて、おろす動作を助けた。

シンプルなデザインのパンティは子供っぽいほど清楚《せいそ》な白で、それが紐のようによじれながら、太腿から膝小僧、ふくらはぎとおろされていき、足首から抜かれた。

——うわぁ。まひるのヘアって薄いんだ、なんてかわいい形なんだろ。

美樹は驚きのあまり目を見張った。

花びらみたいにひろがったスカートのなかで、ほっそりした真っ白な下肢がすらっと伸びている。恥ずかしそうに摺り合わせている太腿の間に、まひる自身が息づいていた。

シスターアグネスの秘部も綺麗だったが、今思うと三十歳の女性らしい淫猥《いんわい》さがあった。まひるの大陰唇には猥雑《わいざつ》さがぜんぜんなかった。

恥丘がぷっくりとしてヘアが薄く、割れ目を隠すほどではない。子供みたいに清潔そうな形なのに、興奮に充血して赤く染まっているのが見て取れた。甘酸っぱい匂いはシスターよりも強い。

——まだそんなに濡れていないのかな?

よけいなことを言って、まひるを怒らせてしまわないよう、黙ったままでしげしげと観察する。

「い、いや、見ないで……恥ずかしいの……」

——このなか、どうなっているのかな……。

美樹はまひるの足首を持ち、乳房に向けて倒した。膝小僧が胸乳につくほど倒してから左右に下肢を開く。

「い、いやっ、恥ずかしいっ、恥ずかしいよぉっ」

とろぉ……。

太腿を開いた動作で大陰唇が左右に引っ張られてスリットが開き、内側に溜まっていた蜜が落ちた。まひるは恥ずかしがって、腰をひねって悶える。

「や、やめて……見ないでっ、見ないでぇっ」

それはびっくりするほど大量で、アリの門渡《とわた》りを通ってお尻の穴の上を通り、制服のスカートの裏地を濡らしていく。

ラビアがヒクつきながらひろがって、内側の桃色の粘膜が見て取れた。尿道口は見つけられなかったが、みっしりとヒダを集めた膣口が、ヒクリヒクリとうごめきながら蜜を吐きだす様子が見て取れる。

下肢を閉じた状態では、包皮に隠されて見えなかったクリトリスが、この姿勢でははっきり見えた。遠慮がちな大きさの秘芽は、ピンク色の真珠そっくりだ。

「すごい……」

「や、やめてよっ、恥ずかしいってばっ」

「僕は濡れてくれてうれしいけどな……」

美樹は、指先で陰核をちょんとつつき、まひるに悲鳴をあげさせてから、いったんベッドを降り、スカートをめくりあげてボクサーブリーフを脱いだ。

フロリナに入学する前はトランクス派だったが、同級生たちにスカートをめくられたとき、ボクサーブリーフならスパッツだと誤解してもらえるので、今ではボクサーブリーフばかり穿いている。

まひるは、ブリーフを脱いだ美樹を見て、瞳を見開いてしげしげと見た。

ペニスを見るのは二度目なので、怖さは薄らいでいるらしい。処女の好奇心が先走り、ついまじまじと見てしまうという雰囲気だ。

——大きいのね。

シスターアグネスが言ってくれた言葉を思いだす。

美樹は、幼なじみに見せつけるようにして、自分でこすって勃起している男根をさらに大きくさせた。

二度目だからだろうか。自分でもあきれるほどに落ち着いていた。前のように心臓が口から飛びだすのではないか、と思うほどの緊張はない。気持ちを確認し合い、安心したせいかもしれない。

まひるは、きゅっと目を閉じて、どうにでもしてくださいとばかりに身体を硬くしている。美樹は、大好きな女の子に、そっと覆いかぶさった。

「ひっ」

まひるの身体が怖そうにすくむ。

指先で大陰唇を探って膣口を探し、亀頭を当てる。熱い愛液でにゅるにゅるしている大陰唇のスリットを、亀頭の先端でこねくって、蜜液と先走り液を混ぜ合わせる。

まひるは、ペニスの硬くてやわらかい感触にふるえあがった。

「い、いや……やだ……こ」

怖いと言いかけて口をつぐむ。怖いなんて、口が裂けても言いたくない。

――こんなに大きなものが、私のなかに入るんだわ……。

恐怖感のあまり腰を引き、ずりあがろうとするが、肩を抱いている美樹の腕が押し戻してしまう。

まひるは美樹の腕のなかでぴちぴちと跳ねた。Fカップの巨乳が、美樹の胸板に当たってぽよぽよと弾む。

「だいじょうぶだよ。僕にまかせて」

――美樹、よかった。その気になってくれてるんだわ。

処女のまひるには、少年をリードするのは難しい。もしも美樹が照れくさがったり、逃げ腰になったらどうしたらいいのかなと思っていたので、うれしい誤算に顔がにまにましてしまう。

「美樹、かっこいいね」

「えっ？　ほんと？　そんなことを言われたのはじめてだ。女っぽいとか言われるのに」

美樹はほんとうにうれしそうな顔をした。その笑顔はまひるがうっとりするほど綺麗だった。

「なんでよ？　美樹、かっこいいよ。私が好きになるぐらいなんだから、自信を持てよっ!!」

美樹は楽しそうに笑い、まひるの鼻の頭を指先でちょんとつついた。

まひるが怖がってふるえているくせに、えらそうな口調で言いきるのがおかしいらしい。

美樹がしっかりとまひるの肩を抱き直し、ぐぐっと腰を進めてきた。

灼熱の肉の棒が、秘唇を押し開き、膣口にめりこんでくる。おしゃべりのせいで緊張がほどけていたまひるの秘部は、いっぱいに口を開き、男根を受け入れようとする。

亀頭のエラが膣ヒダのなかにめりこんだ。灼熱の剛直が自分の身体に押し入ってくる感触は、腰が割れるのではないかと思うほどの苦痛を生みだす。

「ンッ!! くっ」

「緊張しないで。だいじょうぶだよ」

「ム、ムリだよ、そ、そんな……うっ、い、痛いっ……」

「うん。今みたいにしゃべっててよ。緊張すると、筋肉が硬くなるんだって保育の授業でやってたろ」

「あ、そ、そう、だよね……で、でも、ご、ごめん……い、痛いんだっ」

美樹は、痛がってずりあがろうとするまひるの背中をしっかりと抱き、逃がすまいとしながら、ペニスを小刻みに動かしていた。ザリッザリッと、亀頭のエラが膣肉のなかほどをかく。いっぱいに引き伸ばされた処女膜がはちきれそうだ。

「い、いやぁっ、痛いっ、痛ぁいぃっ!!」

ぷち、と身体の芯に音が響いた。

——あ、今……千切れた……。

ロストバージン（失う）でもなく、破瓜《はか》（破れる）でもなく、千切れた、というのがふさわしい感じがした。

フッと苦痛がなくなった。

——よかった。そんなに痛くなくて……。

想像していたほど大変でなかったロストバージンに、安堵《あんど》の笑みが浮かぶ。

身体が細胞レベルで変わっていき、大人になったような、ようやくのことで素直になれたような、ほっとする気持ちだ。

こんなにもしあわせな気持ちになれるなんて思っていなかった。


「えへへ……」

「どうしたの?」

「あーっ、私ってしあわせだなーって思ったの。美樹とひとつになれたんだなーってうれしくて」

まひるは、無邪気に笑っている。

——やっぱ、違うな……。

シスターアグネスは、破瓜《はか》したあとは劇的に膣肉がやわらかくなり、フワフワモチモチした膣肉が、やさしく肉茎にまとわりついてきた。いい具合に熟した肉体に、包みこまれるという感じがして穏やかな気分になれた。

だが、まひるの膣は処女膜が破れたあともどこか硬い雰囲気で、それがキュキューッと肉茎を締めつけてくる。ペニスが熱い膣肉に咀嚼《そしやく》され、溶けてしまうのではないかと思うほどだ。

寮母のように、ふっと力が抜けたときの、肉ヒダが舐めあげてくる感触はまるでない。

だが、じゅっぷりと濡れた熱い膣肉が、うごめきながらキュウキュウと締まる感触はひどく刺激的だった。

年若いせいなのか、まひるはシスターより体臭が濃い。破瓜出血の金気《かなけ》臭い匂いと混ざり合い、ドキッとするほどセクシーな香りになっている。

女子高生の匂いには慣れていた美樹だったが、汗にまみれた白い肌が、甘い匂いをたてながら美樹の腕の下で悶える様子は恐ろしくエッチだった。

──やべぇよ。このままだとすぐに漏らしてしまいそうだ……。

美樹はゆっくりとピストン運動を開始した。

「あっ、ンッ、いつっ、や、やっぱり、い、痛いっ、かな……」

まるでひと仕事終えたように、穏やかな表情を浮かべていたまひるの顔が苦しげに歪《ゆが》む。熱く硬い膣肉はねっちゃりと男根に絡みつき、ペニスの動きに合わせてうごめきはじめた。

「ご、ごめん、でも……ぼ、僕もその……つ、つい、こ、腰が」

「んっ、いいの。男は、そ、そうしなきゃ、しゃ、うっ、い、痛いな、奥、痛いっ、射精、で、できない、んだよね」

美樹の腕の下で、見慣れた幼なじみの表情が次々に変わり、苦しくてならないとばかりにモゾモゾと悶える。

「なんでそんなこと知ってるんだ？」

「雑誌でね、よ、読んだの……」

シスターは、一回目から快感を覚えたが、まひるはまだ快感はないみたいで、強まったり弱くなったりする苦痛に翻弄《ほんろう》されているだけらしい。

まひるの膣肉はきつく、入り口から奥へとたぐり寄せるようにして、順繰りに締まっていく感触がたまらない。

まるで、レンジでチンした袋入りのうどんをペニスの周囲に巻きつけて、ぎゅうぎゅうと手でしごきたてている感じだ。うどんというより、細長いこんにゃく、というほうが正解だろう。ウネウネした複雑な感触のなかに、ぷりっと硬いところがある。

「奥、奥が痛いの？」

子宮口を刺激しないように浅い位置で前後していたのだが、まひるが、違う、というふうに首を振った。

「奥がね、つ、突かれる、と、下腹が、うっ、ぁあっ、きゅうぅんん、ってなるの」

「あ、そうか……感じやすいってコトか」

美樹は、ペニスを深く差し入れて、子宮頸管《しきゅうけいかん》をコツコツと叩いた。膣奥は行きどまりというよりは、ラグビーボール状の突起が植わっていて、その周囲に膣ヒダのポケットがある。破瓜《はか》したばかりの生硬な膣肉のなかで、子宮口はひときわ硬い。

「あ、うん、ソコッ、あっ、だめっ、痛いっ」

美樹が亀頭で子宮口を突くたびに、まひるは制服を着たままの身体全体をブルブルッ、ブルブルッとふるえさせる。

彼女は特別に子宮口が感じやすいようだった。亀頭が子宮口を突くとき、全身に痙《けい》攣《れん》が走り、膣肉がウネウネ、キュウキュウと締まる。

「あっ、い、痛いっ、やだもうっ、お腹、キュンキュンするよぉっ」

美樹の腰に下肢を巻きつけたままで腰がわずかに浮かびあがり、美樹の動きに答えるようにして腰が淫らにローリングする。

「あっ、くっ、くぅっ……ひゃぅっ、ひっ、ひっ、ひっ、いやぁあっ、お、おっぱいもキュウンッてなるぅっ!!」

まひるが不器用に暴れはじめた。両手で美樹の胸析を押しあげようとする。

美樹は、ぷるぷるふるえる剝きだしの乳房を手のひらでつかみ、力をこめて揉む。

「ひっ、ひっ、ひゃくっ、あぅっううぅっ」

まひるがしゃっくりのような声を出し、全身をぴちぴちっと跳ねさせた。

——イクのかな?　はじめてじゃムリだって読んだことがあるけど……。

「もう痛くないの?」

「痛いよ。でも、あううっ、好きだからっ、美樹には、な、なにをされても、くっ、いいのぉっ!!」

美樹はかっとなった。

——美樹にはなにをされてもいい……。

――好きだから、痛くされてもいい。

それは泣きそうになるほどうれしい言葉だった。

もっともっとまひるを責めて、いじめてあげて、気持ちがいいと言わせてやりたい、そんな欲望が体の奥で荒れ狂う。

「好きだよっ、まひるっ、感じてよっ」

美樹は、まひるの片方の乳房を揉み、もう片方の乳房に吸いつきながら、ドスドスと腰を打ちつけた。

「わ、わかんないよっ、痛いんだってばっ、くぅうぅっ」

二人の快感が極まってくるにつれて、美樹の動きがどんどん速くなっていく。もう乳房をしゃぶる余裕もない。美樹は、上半身を起こすと、ロケットのように前に突きだした乳房をそれぞれ両手で握りながら、亀頭で膣奥をグリッ、グリッとえぐっていく。

こんにゃくみたいに硬いウネウネが一面にある膣ヒダの奥で、亀頭がカッと熱くなった。

「うわっ、あ、熱いっ、な、なんだっ!?」

「な、なに？　なんなの？　くっ、くくっ、あつぅぃいっ!!」

まひるはわけがわからずきょとんとしている。美樹もなにが起こっているのかわからなかった。

子宮口を突きあげた瞬間、熱い液体がドロッと出て、亀頭に浴びせかけたのだ。

子宮頸管粘液《しきゅうけいかんねんえき》は、浅い位置から出るバルトリン腺液に比べて粘度も匂いも濃く、亀頭にドロッとまとわりついてくる。

「う、も、もう、出そうだっ……出す、と、ときは、ちゃんと、抜くから」

「いいよ。な、なかで、うっ、だ、出してよ」

「で、でも……」

「いいって言ってるんだよっ!!」

まひるがいらだたしげに叫んだとき、腰がよりいっそうせりあがり、膣肉がギュルギュルッと締まった。後頭部と足裏で身体を支えたブリッジの姿勢だ。

まるでもっと奥までペニスを入れて、とおねだりしているようだった。

「うあっ、まひるっ、まひるぅっうっ!!」

それが誘い水になった。まるで肉茎のなかの精液を吸いだそうとするようなうごめきに、美樹の腰の奥が熱くはじける。

「うわっ、出るっ、出るよぉっ!!」

美樹は、少し迷ったが、欲望に勝つことができず、ペニスを膣奥深く突きこんだ。

ドクッ、ドブドブッ、ドクッ!!

射精がはじまった。

「あぁあぁっ！　揺さぶられるぅっ！　ヘンになるよぉっ!!」

まひるは、ひっと高い声をあげたあと、腰を突きあげた状態で、ヒクヒクッと全身をふるわせる。そして急に動きをとめた。幼なじみの身体が、人形のように硬直する。

「うっ、ううぅっ、うっ、うっ!!」

美樹は、うなり声をあげながら、まひるの腰をしっかりと持ち、子宮口に向けて精液を発射しつづけた。

若い膣肉は、火の温度に熱せられたこんにゃくうどんを肉茎に巻きつけ、引き絞るような動きをした。

「ひっ、ひぃっ、ひぁああぁっ!!」

入り口から奥へと順繰りにたぐり寄せるような締まり方が、射精の最中で感じやすくなっている美樹の男根を具合よく刺激して、よりいっそう興奮させていく。

膣肉が締まるときの、ブリッと弾力がある突起がウネウネとうごめいて、たまらなく気持ちがいい。まるで、輸精管に残る精液の、最後の一滴までも吸いあげて、子宮内に収めようというような動きだった。

「イクッ、イクイクッ、死ぬぅうぅっ!!」

射精は、勢いが弱くなったり強くなったりしながら、三度ほどに分けて出た。

ペニスを抜くと同時に、まひるの身体から硬直がほどけ、ぱすっと音をたててお尻が落ちた。

まひるは精も根も尽き果てた、という感じで、ベッドの上でぐったりしている。

まだ美樹の男根の形にほころんだままの膣口から、愛液や精液や破瓜《はか》出血の混ざり合った液体がトロリと出てきた。

女装少年は、ティッシュでまひるの股間を清めようとして手を伸ばした。

そのとき、眠っていたと思っていたまひるが、ふっと目を開いた。

「あっ、い、いいよ。そんな、悪いし」

「ご、ごめん。女の子って、制服が汚れるの、すげぇ気にするだろ。だ、だから、その」

「えへへ」

まひるは、うれしいような、驚いたような顔をして、ぽろぽろと涙をこぼした。笑いながら泣かれてしまった美樹はびっくりしてしまった。

「ど、どうしたの？」

「だって、美樹ってば、やさしいんだもん……うぇっ……ひっくっ、ひぁぁんっ……」

まひるは、その場に座りこんで、子供のように泣きじゃくりはじめた。気の強いまひるの意外な姿に驚いてしまう。

——まひる、かわいい。すごくかわいい……。

美樹は、まひるの横に腰をかけ、肩を抱いてまひるの髪をよしよしと撫ではじめた。まひるは美樹の肩に側頭部をつけ、わあわあと泣きつづける。

ベッドに腰をかけて体を寄せ合う美少女二人を、窓から射しこむ昼下がりの太陽が美しく照らしている。

Vセンパイのこと……奪います！

なでしこ寮のリビングは、夕食後のくつろぎタイムだった。当番の美樹は台所に立ち、お茶碗や湯のみ、お皿を洗いながら、テレビの前に座っている沙亜耶をちらちら見ていた。

沙亜耶の好みの女優が出ているドラマが放送されているようで、うっとりした表情をしている。

リビングのドアを開けて入ってきたまひるが、美樹のほうを見てこくんとうなずく。

——よかった。さっぱりした顔してる。

初体験のあと、疲れたのか眠ってしまったので、毛布をかけておいた。

ひと眠りしたまひるは、疲れが取れたのか、ぴかぴかと輝いた顔をしている。

――あやまるから……。

　言葉の形に唇が動く。美樹が、沙亜耶に謝罪するよう言ったのを、ちゃんと覚えてくれていたらしい。

「沙亜耶ちゃん。あの、ちょっといいかな？　テレビ終わるまで待ったほうがいい？」

「なに？　まひるちゃん。言ってよ。だいじょうぶだから」

「今日の実習だけど。私、沙亜耶ちゃんに失礼なことを言っちゃってごめんなさい」

　まひるが沙亜耶に向かって深い角度のおじぎをした。

　美少女上級生は、とぼけた印象を与える丸縁のメガネの奥で、瞼《まぶた》をぱちぱちとまたたかせた。

　食卓の椅子に座り、チューリップのアップリケを保育服に縫いつけているシスターアグネスが、穏やかな笑みを浮かべながら、ウンウンとうなずいている。

「ううん。美樹ちゃん。別にいいのよ。私、気にしてないから。あの……それより」

「なあに？」

「う、うん……えっ、えっと、二人して実習を抜けたよね。そのあと、美樹くんとなにをお話ししていたの？」

　まひるの顔が、ぱっと赤くなった。

「う、うん、その……」

しどろもどろになってしまったまひるのあとを引き取って、台所から美樹が声をかける。

「まひるのやつ、気分が悪いって言うから、背中をさすっていたんだよ」

「そうなんだ……」

「う、うんっ、そっ、そうなのっ!!」

「いいな。美樹くん。やさしいんだもん。……私、美樹くんって好きだな。男みたいでかっこいいもん」

美樹の手が滑り、お茶碗が落ちて、ガチャンと派手な音をたてた。まひるも青い顔をしている。

「あっ。ごめぇん。驚かせちゃったよね。私、まひるちゃんも好きだよ。すごく好き」

「うん。私も沙亜耶ちゃんが好きだよ」

「えへへ。仲よくしてよね」

「うん。もちろん。私たち、友達だもん」

いかにも女子高生らしい会話をはじめた寮生たちを横目に見ながら、美樹は落ちたお茶碗を拾いあげた。キッチンマットの上に落ちたおかげで割れてない。

ざわつく胸をなだめながら、盛大に泡を立てたスポンジで食器類を洗っていく。

シスターだけが平然とした表情を浮かべながら、縫い物にいそしんでいた。

☆

「ねえ、美樹くん。起きてほしいの」

「あ……」

うとうとしていた美樹は、自分を覗きこんでいる沙亜耶の顔を見て、びっくりして起きあがろうとした。

「あ、起きなくてもいいよ。そのまま寝てて。ごめんね。こんな時間に。鍵が開いててよかったわ」

シスターアグネスは、沙亜耶をまひるの部屋に移動させた際、ホームセンターで買ってきた内鍵を各部屋に取りつけた。

だが、美樹はほとんど鍵をかけなかった。玄関の鍵はシスターアグネスが施錠しているし、今まで鍵なしで寝ていた習慣が残っていたからだ。

「あの、沙亜耶さん。ど、どうして。い、今何時ですか？　まひるは？」

美樹はベッドにあお向けに横たわったままで聞いた。起き抜けで思考回路が働かず、なにがどうなっているのかわからない。

「まひるちゃんはよく寝てるわ。今は二時。美樹くんと二人だけでお話がしたくて来たの。学年が違うと、二人だけでお話しする時間なんてとれないから。今は部屋も違うしね」

沙亜耶は椅子を引き寄せて腰をかけた。

シンプルなチェックのパジャマを着た沙亜耶は、小首を傾《かし》げて美樹を見ている。カーテンの隙間から射しこむ月明かりがフチの丸いメガネに反射して、表情が読みとれない。

——これと同じこと、前にもあったな……。

沙亜耶が風邪とホームシックで弱気になっていたときだ。二段ベッドの上と下で話をした。美樹は沙亜耶に添い寝をし、風邪をうつされて大変だった。

「美樹くんってさ、まひるちゃんと同じ中学だったんだよね？」

「はい、そうですが」

「幼なじみなんだよね。美樹くんって、まひるちゃんが好きなの？　もしかして、つきあいはじめたのかなぁ」

「えっ!!」

――ど、どう答えたらいいんだぁ!?

美樹は女ということになっている。沙亜耶は美樹が男だとは気づいていないはずだ。まひるは沙亜耶が百合《ゆり》だと言った。沙亜耶は美樹に好意を抱いてくれている。それはつまり……。

「まひるとは友達ですよ」

「じゃあ、私にも可能性があるかな?」

「か、可能性っ!?」

「私ね、美樹くんが好きなのよ」

――えっ、えええ!?　ええええっ!?

美樹はうろたえた。意外すぎる話の流れに動転してしまう。

――僕も好きだって言いたいよっ。で、でも、も、もしも男だってバレたらどうなるんだ!?

――イヤー、男なんてキライッ!　信じられないっ。最低っ!!　私を騙《だま》していたのねっ。汚らしいわっ!

罵詈《ばり》雑言《ぞうごん》を投げつけてパニックを起こす沙亜耶の様子が目に見えるようだった。それは、同級生のみんなの姿に重なって、美樹を暗澹《あんたん》とした気分にさせていく。

――誓います。僕はまひると沙亜耶さん、同級生を傷つけません。

シスターアグネスと一緒に、マリア様の前でした誓いがよみがえる。男だと告白すると、沙亜耶を傷つけることになるだろう。美樹は困り果て、黙りこんだ。

「もう一度言うね。私は美樹くんが男でも好きよ」

――バレてる!?

月が翳《かげ》りメガネの反射がなくなって、闇に慣れた目に沙亜耶の表情がくっきりと浮かびあがって見えた。まるで白い花のようだった。

「ははは、ど、どうしてっ、ぼ、僕、女ですよ。な、なんで男でも、って?」

「匂い、かな……美樹くんの匂いって、ちょっと違うな、って思ってた。でも、男だとは思わなかったよ。シスターアグネスが部屋替えを言いだしたときに、もしかしてって思ったの。シスターアグネス、部屋に鍵までつけたでしょ。そりゃ、誰だって気づくわよ」

――やっぱりヘンに思っていたのか……。

いきなりの部屋替えに、沙亜耶はなんの文句も言わなかった。シスターアグネスが大騒ぎをしながらホームセンターで買ってきた鍵を取りつけるのも、物珍しそうに見ていただけだ。

——まひるちゃんと同じ部屋でうれしいっ。

無邪気にはしゃいでいた沙亜耶だが、実は冷静に観察し、美樹の正体を見抜いていたのだ。

——バレた……。破滅だ、破滅だ、破滅破滅破滅。退学、退学……。

頭のなかがぐるぐるして、なにも考えられない。

「ねえ、ほんとのこと聞かせて。美樹くんって男だよね」

沙亜耶は、椅子に座ったままで、上半身を乗りだすようにして聞いた。メガネの奥の瞳が、真摯《しんし》な色をたたえて美樹を見ている。質問ではなく断定だった。

——だめだ。ごまかせない……。

「は、はい、そうです」

「よかったぁ……」

「えっ⁉」

「私、男の人がダメだったのよ。保育士をめざしたのも、女子校に通っているのも、男性が苦手だったからなの。でも、美樹くんは別だった。私、美樹くん、触ってみたいって思ったのよ。だから、実習のとき、まひるちゃんにいやらしいって言われたとき、真っ青になっちゃった」

——ああ、そうか……。それでだったのか。

気丈なまひるが涙を見せたことに動転し、沙亜耶の様子がおかしいことに気づいていながらフォローできなかった。

沙亜耶が妙な顔をしていたのは、まひるの言葉に怒っていたのではなく、図星を指されたせいなのだ。

「だからね。私、美樹くんが男でうれしいの。でも、たぶん、男がみんなオッケーなんじゃなくて、美樹くんだから男でも好きだと思うんだ……」

胸の奥に、甘いうれしさがひろがっていく。

——男でも女でも美樹くんが好き。

——美樹くんなら怖くない。触ってみたいと思うほど好きになったのは美樹くんがはじめて。

沙亜耶は、美樹という人間そのものを評価し、好きになってくれた。男とか女とか関係なく。胸が甘くせつなくなる。

「ねえ、美樹くん、今晩一緒に寝ていいかな」

沙亜耶が椅子から立ちあがった。見慣れたはずの沙亜耶のパジャマ姿が、月明かりに照らされて妙になまめかしく感じられる。

「ま、また、ホームシックですか？」

「もう、はぐらかさないでよ。天然じゃなくてわざとでしょ。まひるちゃんが、ヒステリー起こすわけよね」

「今はその、まひるのことは……」

「そうね。まひるちゃんと美樹くんは……ううん、今は、友達、ってことにしとこう。私、まひるちゃんにひどいこ……ごめん。よけいなこと言っちゃった」

沙亜耶は、美樹のベッドに、ごそごそと潜りこんできた。そして、美樹にきゅっと抱きついてくる。甘い体臭と、しっかりとしたやわらかさが気持ちがいい。

「あはは。女の子だと思ってたときはなごめたのに、今はなんかドキドキするよ」

「だ、だいじょうぶですか？　沙亜耶さん。ふるえていますよ」

「う、うん。そうだね……わ、私、男の子、苦手っていうか、こ、怖いのよね、だ、だから、つい……で、でも、美樹くんは平気なのっ」

うわずった口調で、必死に言い募るところがかわいらしい。

——怖い、かぁ。まひるだと、口が裂けても言わないセリフだな……。

——ごめん。まひる……。僕、沙亜耶さんも好きなんだ。

隣りの部屋でぐっすりと眠っているはずのまひるに、心のなかで謝罪した。そして、まひるのことを頭のなかから追いだす。今は沙亜耶だけを見ていたい。

「沙亜耶さん。キスしていいですか？」

「い、いいけど……」

怖そうに身体を縮こませ、目を閉じている沙亜耶のおでこにキスをし、唇に軽いキスをした。深いキスをしたかったが、沙亜耶をこれ以上怖がらせないよう、フレンチキスにとめておく。

「メガネ、取りますか？」

「取るとね、なにも見えなくなっちゃう……美樹くんの綺麗な顔、しっかり見ていたいよ。私、美樹くんの、なにを見てたのかな……美樹くんってかっこいいし、男らしいのにね。ほんと不思議ね。美樹くんが綺麗すぎるのが悪いのかな」

沙亜耶は、美樹に添い寝をして抱きついた状態で、お腹や胸や背中をまさぐってきた。やわらかくくすぐったい感触に、ゾクッとした感触が忍びあがり、たちまちペニスが勃起する。沙亜耶の手がお腹より下にいかないのは、ペニスが怖いからだろう。

もどかしくなった美樹は、沙亜耶の手首をつかみ、パジャマのズボンの下腹部に手を当てさせた。

うッと揉む。

「んっ、そ、そうね。見たらだめかもしれないけど、服の上からだから平気」

怖そうに手を引いたのははじめだけで、手首をつかんだ手に力を入れると、小さな手でペニスをいじりはじめた。パジャマの布越しに指先で形を確かめるようにしてそうッと揉む。

「感触がおもしろいね。けっこう硬いんだ。あったかいし、ヒクンヒクン動くし、ハムスターとモルモットの中間みたい」

ペニスが動くのが珍しくおもしろいらしく、くすくすと笑いながら服越しにペニスをいじっている。

——よかった。沙亜耶さん。くつろいでるみたいだ。まひるはガチガチだったけど、さすが上級生だな。

むしろ、美樹のほうが緊張していた。三度目なのだから、もう少し肩から力を抜いてもよさそうなものだが、男が怖いという沙亜耶を傷つけることなくセックスしようと考えると、肩に力が入ってしまう。

「ぼ、僕も、沙亜耶さんを触りたいです」

「怖い、ですか?」

「きゃんっ」

「いいわよ。触って。どこでもいいわよ」

無邪気な返答に、心臓が飛び跳ねた。

——おっぱいは痛いんだよな。でも、やっぱり、見たい……。

照明は落としているとはいえ、なでしこ寮の部屋は、カーテンの隙間から射しこむ月明かりで充分に明るい。

美樹は、沙亜耶の横に横たわりながら、パジャマの襟もとのボタンをどきどきしながらはずした。服の上から軽くタッチしながら襟を大きく開いたところ、真っ白な胸乳が現われた。

——うわ、いきなりだ。寝るときってノーブラなんだな……。あ、そういや、前に添い寝したときもノーブラだったような。

「どうしたの？　なにをびっくりしているの？」

「あ、いえ、その、ノーブラだったんで」

沙亜耶の胸乳は、夜闇に慣れた目に染みるほど白く、乳首と乳輪のピンク色が透き通るようだった。大きさだけとってみれば、三人のなかで沙亜耶がいちばん小さいが、バラのつぼみのような綺麗な乳房だ。

「だって、ブラをつけて寝たら窮屈《きゅうくつ》じゃない？」

「そうですよね。僕もブラ、苦しいなーって思うときあります」

「ふふっ。美樹くん。女同士みたいな会話だねー。ふふふっ、くすくす」

美樹は、沙亜耶に覆いかぶさるとおしゃべりな唇にキスをした。体重をかけないように注意しながら、体全体で押さえこみ、そっと舌を差し入れて彼女の舌を絡め取る。

「んっ……あふっ、ちゅる……んっ、ちゅっ、ちゅぱっ」

沙亜耶の顔が淫蕩《いんとう》に歪《ゆが》み、メガネの奥の綺麗な瞳がうっとりと細められる。

「ふっ、ンッ、んんっ……ちゅぱぁ……うっ」

沙亜耶はくなくなと首を振り、舌を絡め唾液をやりとりするような、激しいキスから逃れようとした。

だが、美樹は、片手で乳房をいじりながら、ディープキスをやめようとしない。沙亜耶の喉がゴクッと鳴った。美樹が送りこんだ唾液を呑み下した音だ。

美樹が、ようやくのことで唇を離したとき、沙亜耶は尖《とが》らせた唇に人差し指を当て、ふっと息を吐いた。伏せた睫毛《まつげ》が揺れて、ドキンとするほど色っぽい。

「ンッ、美樹くん……や、やだもう、唇が痺れちゃった……」

「一緒に楽しみたいんです。沙亜耶さん」

沙亜耶は、美樹のペニスを服越しにいじっていた。まるで遊んでいるような手つきは、かわいい系の小動物の背中を撫でているみたいだった。

「こんなにおっきいのが、私のなかに入るなんて、ムリくないかな?」

「だいじょうぶですよ」

美樹は、沙亜耶の胸もとをいじっていた。

沙亜耶の胸乳は、ふんわりとやわらかいにもかかわらず、内側の芯が硬い。実る寸前の硬さを内包したほどよい大きさの乳房は、同級生の少年の手の下で、複雑に形を変えていく。

桜色の乳首はツンと上を向き、かわいらしく尖っている。美樹は乳首を指先で前後左右にはじいたり、指先で乳輪に押しこんだりして、戻る様子を楽しむ。

「沙亜耶さん。どんな感じですか? 気持ちいい?」

「ンッ、そうね、気持ちいい、っていうより、やっぱ、ちょっと痛いかな……」

「痛いのが気持ちいいんですよ」

「なにそれ? そんなのヘンよ。痛いのはやっぱりイヤだもん」

——困ったなぁ……。

美樹はもう、どうしていいかわからなくなっていた。シスターアグネスは処女ながらやさしくリードしてくれたし、まひるもせいいっぱいに協力してくれた。

だが、沙亜耶はいわゆるマグロだった。ぜんぜん協力的でない。彼女が感じていないのは匂いでわかる。

「沙亜耶さん、背中向けてください」

美樹は、沙亜耶をうつ伏せにさせ、パジャマをめくりあげて背中を露出させた。そして、真っ白な背中の中央に走るヘコミに舌先を当て、べろぺろと舐めあげていく。

「あははっ、やんっ、ふざけないでよっ、あはっ、くすくすっ、んっ、く、くすぐったいよっ。美樹くぅん……」

沙亜耶は、手足をばたつかせた。笑い声が、舐めるにしたがって甘く溶けていく。舌はやわらかく熱いので、沙亜耶のような繊細な女の子には利《き》くのではないかと考えたのだ。

「んっ……んふっ……ふっ、くっ、はっ……あぁっ、あ、んっ、気持ちイイよぉ……」

沙亜耶は身体をくなくなさせていたが、もっと舐めてほしいの、とばかりに背中を浮かせ、やがて四つん這いになってしまった。

「いや……ど、どうして、あんっ、くっ、こ、こんなに、き、気持ち、いいの？」

皮膚の下の神経組織に、弱電流に似たせつない刺激が走っているのは、皮膚が波打つようにふるえることからも容易に想像できる。

「あんっ、と、溶けそうっ……気持ちいいっ。ひゃうっ」

美樹は、沙亜耶の首筋や耳のあたりを舐めながら、彼女が着ているパジャマのズボンをショーツごとめくりおろした。ムワッと甘い匂いが漂った。わずかに酸っぱみのあるミルク系の匂い。

秘部の匂いは、パンティの二重布がしっかりとガードしているときはそれほどでもないのに、ショーツを脱がした瞬間、濃厚に香りたつ。

お尻を撫でさすり、ザワッと鳥肌が立つ手触りを楽しんでから、まるで偶然に触れてしまった、という感じで指先を秘唇に触れさせる。

「あンッ！　やっ、やぁっ、やだぁ……恥ずかしいよぉっ……」

――まだ、だなぁ……。

興奮してびしょ濡れ、という雰囲気ではなく、ほんのりと潤んでいる程度にすぎない。

美樹は、ふーふーと耳に息を吹きかけて、上級生が全身をゾクリとふるわせる様子を観察しながら、手探りで太腿のなかほどにまつわっているショーツとズボンを、膝のあたりまでめくりおろしていった。

――沙亜耶さんのマ×コ、見たいな……。

美樹は、手のひらを使ってマッサージするように脇腹や背中を撫でさすりながら、ベッドがきしまないようにそうっと位置を変えていき、四つん這いになっている沙亜耶のお尻の谷間を覗きこんだ。

――うわあ。すごい。アヌスが目の前だ。女の人のマ×コって、いろんな形があるんだな……。

シワヒダを集めてすぼまったお尻の穴のすぐ下から、アリの門渡《とわた》りと呼ばれるスジが伸び、大陰唇へとつづいている。

ふっくらした大陰唇は、楕円《だえん》のおまんじゅうのようにふっくらして、中央に切れこみを通している。

かわいい形をしているのに、花びらの先端が二枚はみでているところと、まばらに生えた黒いヘアが淫靡《いんび》だ。しげしげと見ていたら、視線を感じたらしい沙亜耶は、ハッとしたように身体をふるわせた。

「やだっ、見ないでっ。恥ずかしいよぉっ」

四つん這いの状態で、お尻から秘部を覗かれるのは、繊細な女子高生に耐えきれないことだったのだろう。前に向かってよちよちと歩きだす。

「だめだよっ。沙亜耶さんっ、危ないって」

なでしこ寮のベッドは狭く、落ちてしまいかねない。美樹はあわててお尻の脇を持って押しとどめようとした。だが、汗で手がぬめってしまう。

美樹は太腿とお腹の間に腕を通して腰を抱き、引っ張り戻す。彼女の全身が、水からあがってきた犬のように、ブルブルッとふるえた。

「きゃぁあぁんんっ、だ、だめぇっ、だめよぉおおっ」

――な、なんだ？　この反応!?

沙亜耶の全身が激しく悶え、失禁したのかと思うほどに愛液が噴きでて、美樹の腕を濡らす。

「あ、そ、そうかっ……」

美樹は無意識のうちに秘芽を圧迫してしまったらしかった。

「やだっ、な、なんでっ、なんでぇっ!?」

沙亜耶はわけがわかってないという感じで、顔をくなくな振っていた。美樹は、沙亜耶の腰を左手でつかみながら、右手を前にまわし、小さな小さな秘芽を指先でとらえ、指の腹でそっと押した。

「んんぅうあぁあぁあぁっ!!」

沙亜耶が快感を覚えていることは美樹にもわかる。コリッとした小さな真珠は、はじめはわずかな感触しかなかったのに、美樹の指の下ではっきりと勃起を示す。

「やんっ、やだぁっ、ヒリヒリするのぉっ」

快感と羞恥から逃れようとしたのだろう。沙亜耶が身体を横に転がせた。

「うわっ」

太腿に腕をまわしていたところだったので、片足だけをあげてあお向けになり、上半身をひねっているような姿勢になった。膝小僧でまつわっていたパジャマのズボンは、もう取れてしまっている。大股開きをした下肢にのしかかる形になり、まるでプロレスごっこをしているみたいになった。

「やっ、やだっ！　恥ずかしいっ、恥ずかしいよっ!!」

美樹の顔の前に秘唇が来た。美樹は太腿に腕を巻きつけて固定すると、大陰唇に口をつけ、スリットを舌先で舐めあげた。

まるで花のつぼみがほころぶように、花びらがフワッとひろがる。熱くとろけた粘膜のやわらかい感触が舌にまとわりついてきて、わずかにしょっぱい味がする。

「わ、悪いわよ……そ、そんな……美樹くぅん……あっあぁっ」

沙亜耶は、太腿を閉じようとして美樹の頭を挟んでしまい、ハッとしたように身体を強《こわ》ばらせると、あわてて太腿を開いた。

うだ。

大股開きをするのは恥ずかしいが、太腿で美樹の頭を挟むのも悪いと思っているよ

「ど、どうしようっ。い、いやっ、恥ずかしいっ、いやぁあんっ」

沙亜耶はあお向けのままで太腿を太股開きし、腰をせりあげてくなくなと悶えてい

る。美樹の頭に手がかかった。まるで、もっといっぱい舐めてほしいの、とばかりの

ポーズに頭の芯がかっとなる。

——ああ、やっぱりだ。

背中を舐めたときの反応がすごかったので、たぶん舐めると感じるんだろうなと思

っていた。クンニリングスはやはり利《き》くらしく、沙亜耶はほんとうに気持ちよさそう

にしている。

「あんっ、ンンッ！　ひゃぁんっ、き、気持ちがいいよぉっ……ひゃくっ！　うくっ」

舌先を膣口に差し入れると、沙亜耶の身体がガクガクッとふるえた。美樹をはじき

飛ばしそうなほどだ。ベッドがギシギシと鳴り、沙亜耶の嬌声《きょうせい》がなでしこ寮の一室に

甘く響く。

「ひゃくんっ、こ、こんなのっ、こ、困っちゃうよぉっ……うぅっ、くうっ、あぁ

あっ、美樹くぅんっ、溶けそうだよぉっ……」

な。

——だいじょうぶかなぁ。隣りの部屋にまひるがいるんだぞ……。気づかれないかな。

美樹は、沙亜耶の悶えように不安を覚えたが、もういまさらやめようがない。美樹は、美少女上級生をさらに興奮させようとして一生懸命に舌を這わす。

「ひっ、ひぃんっ、ひくっ、くっくくっ……あんっ、き、気持ちがいいよぉっ」

何度かスリットを舐めあげるたびに、秘唇が興奮に充血して赤く染まり、サラサラの愛液が間歇泉《かんけつせん》のようにトプトプと溢れる。

「だ、だめっ、いいっ、気持ちいいのぉっ、ひゃんっ、い、いやああっ」

バルトリン腺液は、子宮口を刺激されて溢れる子宮頸管粘液《しきゅうけいかんねんえき》と違い、匂いも粘度もさらりとしていた。すぐ上のクリトリスは、刺激に反応してズル剝けになってしまい、桃色真珠のような陰核をさらしてヒクヒクしている。

美樹は、どんどん大きさを増す秘芽に唇をつけ、ちゅうちゅうと吸いあげた。

「ひゃうっ!!」

ズル剝けのクリトリスを、根から引っこ抜いてしまおうとするような強烈なクンニリングスに、沙亜耶は痙攣《けいれん》を起こしたようにふるえはじめた。Cカップの愛らしい大きさの乳房がぷるぷるとふるえる。

「ひぁあああぁあああんんっ」

沙亜耶にすれば、まったくはじめての刺激だった。痛いのに気持ちがよく、激しいのにやさしい。熱いのだか、冷たいのだかわからない。

狂ったようにひろがっていく快感の電流が脳髄をシェイクする。指先が痺れてしまい、足の裏が弓なりに反った。

「うっ、くはっ、はうっ、だ、だめぇっ、あぁんんぅっ、あぅっ、あ、くっ、んっ、お、おかしくなるぅっ!!」

腰いっぱいにふくらむ快感が身体のなかでパアンと爆発し、手足が千切れてバラバラな部品に分解されてしまいそうだった。

「あぁっ、だめよぉっ、抜けちゃうっ、ひあぁあぁんっ!!」

沙亜耶の太腿がキュッと締まり、美樹の側頭部を挟んできた。さらに美樹の頭に乗っていた手に力がかかり、いやおうなく顔が股の間に押しつけられる。腰がせりあがり、ベッドに寝かせた上半身がピチピチ跳ねる。

沙亜耶が、ひくっ、と喉を鳴らし、舌足らずな悲鳴をあげた。

「と、飛ぶわっ!!　イッちゃううぅうっ!!」

バルトリン腺液がトプトプッと噴きだし、美樹の顔を濡らす。沙亜耶の身体は、人形のように硬くなった。

美樹はおしとやかな上級生の、信じられないほどの激しい乱れっぷりに、圧倒されるばかりだ。

――すごい……。

やがて、沙亜耶の身体から、グッタリと力が抜けた。疲れきってしまったようにベッドに身体を投げだして、はあはあと息をあえがせている。

パジャマの上着の袖を通しただけの彼女の胸乳が、プリンのようにぷるぷると揺れる様子を見ながら、美樹はそろそろと腰を進め、愛液と唾液で濡れて充血した秘唇の内側に亀頭をあてがった。

未熟な美樹が、沙亜耶をリードし、絶頂に導いた。男が苦手で好きになるのは同性ばかり、という沙亜耶を。それが達成感と自信となって美樹を煽《あお》りたてた。もうペニスはぱんぱんに勃起して痛いほどになっている。

奉仕してもらうのも気持ちがいいが、年上の女性を泣きわめかせるのはもっと楽しい。もっともっと沙亜耶を責めて、悶えて悶えてよがり狂うところを見てみたい。

――あれっ、僕って、こんな人間じゃなかったハズだけどな……。

自分のなかに湧き起こった乱暴な感情に驚いてしまう。女みたいな名前と顔立ちのせいで、なよなよしていると思われがちで、自分でも男らしいタイプではないと思いこんでいただけに、それは意外すぎる感情だった。

美樹は余裕たっぷりに亀頭でスリットをこねくった。破瓜《はか》は、沙亜耶が意識を取り戻すまで待つつもりだった。

「ん……美樹く……う、ん……」

美樹は、ずり落ちそうになっていた沙亜耶のメガネを直してやりながら、わずかに強く腰を進めた。

「えっ、い、いや……熱いっ、怖いっ、いやぁっ」

「だいじょうぶ。すぐですよ。痛かったら言ってください」

──まるで歯医者さんみたいだな……。

笑いだしてしまいそうになり、あわてて表情を引き締める。美樹はゆっくりと腰を進めた。ぬかるんだ肉のクボミを力ずくで押しつぶしていく。膣口は、内側へとへこむばかりで、先端の太いところがなかなか奥に入らない。

「んっ、ンンンッ！　くっ、くっ」

ずりあがり腰を振って狙いをはずそうとする沙亜耶を、体を使って押さえこみながら、小刻みに腰を動かして少しずつ進路を確保していく。ぬぷっと亀頭が膣肉にはまりこんだ。

沙亜耶の膣肉は、濡れているにもかかわらずどこまでも硬い感触で、まるでトンネル工事をしているみたいだ。

「い、いや……痛い……美樹くん、やめて……」

沙亜耶の顔が苦痛に歪《ゆが》み、汗にまみれた乳房が揺れる。汗と愛液と破瓜《はか》出血の匂い、腋の下の酸っぱい匂いにボディシャンプーの甘い匂いが混ざり合い、息苦しさを感じるほどの香りになっている。

「す、すぐ、です、からっ、くっ、くっ、さ、沙亜耶さんっ、あ、暴れない、でっ、うっ」

苦痛と恐怖に縮みあがってしまった蜜壺は、入り口だけではなくどこもかしこもきつく、男根を押しかえして抵抗する。まるで粘土のカタマリに、ムリヤリに押しこんでいる気分だった。

「い、いやっ、痛いっ、痛いのぉっ、や、やめてぇっ、うえ、ひくっ、ひぃいんっ」

沙亜耶のメガネの奥で、涙がぽろぽろと落ちる様子が見える。あまりにもつらそうな様子に心が痛む半面、嗜虐心《しぎゃくしん》がそそられるのも事実で、ひどく興奮してしまう。

「さ、沙亜耶さんっ、うっ、くっ……も、もう、少し、だから……」

ペニスが痛むほどだったが、とにかく奥まで入れてしまえば、沙亜耶も自分もラクになると思っていた。

「くっ……うっ……い、痛……」

メガネの上級生は、さっきまであんなにも暴れていたのに、ウソのように動きをとめ、顔をしかめてひたすら苦痛に耐えている。

「う……くっ……あぅっ……」

途切れとぎれにあえぎ声をあげるだけで、悲鳴さえもなくなった。苦痛があまりにも強すぎて、声が出てこないようだった。身じろいだり悲鳴をあげたりすると、身体に響いてつらいのかもしれない。

膣のなかほどの、いちばん狭い部分を通り過ぎると、ようやくのことで、亀頭が子宮口を突きあげた。だが、まだ、膣肉は硬いままで、ペニスをキュウキュウと締めつけてくる。

「うわ、な、なんで、こ、こんな、ち、違……」

なんでこんなに違うんだと言いそうになり、美樹はあわてて言葉を呑みこんだ。はじめての女の子とセックスしているのに、誰かと比べるなんて失礼だ。

シスターアグネスのときもまひるのときも、挿入してから破瓜までは簡単だった。

だが、沙亜耶の場合は、なんでこんなに大変なのだろう。とにかく硬く、ペニスが痛むほどに強く締めてくる。

「うわ、う、ううっ、うーっ‼　うぅっ」

美樹は、本能が命ずるままに男根を前後しはじめた。ペニスが引っ張られる感じがして、うなり声が出てしまう。

二度ほどピストン運動を繰りかえしたとき、いっぱいに引き伸ばした生ゴムがぷちっとはじける感じがして、フッと締めつけが消え失せた。

「あ、い、今」

「ほんとね。私も感じた……」

沙亜耶は、ふんわりと笑いかけた。膣ヒダの感触は、劇的に変わっていた。粘土みたいな硬い感触が消え失せて、プリプリした膣肉が四方八方から押し寄せて、ペニスをにゅるにゅると舐めあげてくる。

──違うもんだなぁ……。

美樹は、ペニスを深く差し入れたままで動きをとめ、女陰のなかの感触の違いに目を見張った。

シスターアグネスはイクラ状の突起が一面に植わっているみたいだったし、まひる

は、こんにゃくでできたうどんが男根に巻きつく感じがした。

だが、沙亜耶の場合はプリプリモチモチした感触で、ザラつきはそれほど感じない。果汁グミをいっぱいにつめた壺のなかに、ペニスを押しこんでいる感じがする。

きゅうきゅうと締まってはフッと力が抜け、ザワめく膣ヒダが男根を舐めあげる。

沙亜耶は典型的な三段締めだった。秘口のところと、膣のなかほど、さらに奥のところによく締まる部分がある。

とくにたまらないのは奥だった。子宮口を押しあげるほど深くペニスを差し入れたとき、ちょうど亀頭のくびれのところを輪ゴムのように締めつけてくる。

「沙亜耶さん、い、痛くないんですか?」

「うん。だいじょうぶ。さっきはちょっと痛かったけど、今はぜんぜん」

沙亜耶は、メガネの奥の目を細めてニコニコと笑った。虚勢を張っているわけではなさそうだ。袖だけ通してボタンをはだけたパジャマから、Cカップのほどよい大きさの乳房がのぞいている。

「ねえ、なにが違うの?」

「えっ?　なんのことですか?」

「さっき、美樹くん、違う違うって言ってたよ」

「えっ、そのっ……」

美樹は冷や汗をかいた。まひるやシスターアグネスと比べていたなんて、口が裂けても言うわけにはいかない。

昔の彼ならまだしも、四六時中女の子たちと一緒に生活している今では、どんなときに女の子たちが怒りだすか体験的にわかっていた。

──沙亜耶さんに集中だ。比べちゃダメだ。

美樹は、よけいなことを言ってしまわないように口をつぐむと、言葉の代わりにペニスを前後しはじめた。

「うっ、沙亜耶、さんっ、うっ、ううっ、くっ」

──な、なんて、気持ちがいいんだ……。

特に格別なのが、押しこむときの気持ちよさだった。亀頭のエラが膣肉のまんなかの狭いところを通り抜けるとき、ぷりっとした抵抗感がある。肉壺全体は硬いゼリーみたいにすべすべなのに、その部分だけがナタデココみたいにコリコリしている。そこを通り抜けて勢いがついた亀頭がぐぐっと子宮口を押しあげると、奥の狭いところが亀頭のクビレを締めあげてくる。

まんなかの狭いところのプリッとした抵抗感が、まひるとも、シスターアグネスとも違う独特の抵抗感を生みだしていて、恐ろしく気持ちがいい。

「うっ、すごいよっ、沙亜耶さんっ、うっ、うっ」

沙亜耶はされるがままで、抵抗もしない代わり、自分から腰をまわすこともしない。

メガネの奥でやさしそうに細められた瞳が美樹を見あげ、無邪気な口調で聞く。

「気持ちいいの？」

「そりゃ、もちろん……す、すごく、いいですっ」

「よかったぁ……。うれしいっ」

「えっ？」

沙亜耶は快感を覚えていない。それは今、体を合わせている美樹にもわかっている。

なのに、うれしいという上級生を、不思議な気分で見つめてしまう。

「私、年上なのに、はじめてでなにもできないじゃない。だから、美樹くんが、んっ、私の身体で、気持ちよくなってくれると、うれしいのよ……」

沙亜耶にとってペッティングは気持ちよかったが、破瓜《はか》の瞬間の苦痛は、こんな痛みがこの世にあるのかと思うほどだった。

今はもう苦痛はないが、今も結合部は麻痺《まひ》したようになっていて、美樹がペニスを前後するたびに、ひきつれる感じがある。

だが、それでも、大好きな少年が、沙亜耶に一生懸命に向かい合ってくれる様子を見るのは楽しい。

自分の身体の内側を、美樹がいっぱいにしてくれているという精神的な満足感はかけがえがなかった。

「沙、亜耶、さんっ。す、すみませんっ!! あ、ありがとうございますっ」

「どうしたの? なんであやまるの?」

「そうですね。でも、僕、うれしくって」

美樹は胸の奥が甘痛く疼くほどのうれしさを覚えていた。

沙亜耶は、ジャングルジムから落ちそうになった子供にいち早く気づき、助けようとがんばった。今も、破瓜《はか》されたばかりのつらい身体で、美樹を楽しませようとしてくれている。

——沙亜耶さんって、保母さんそのものっていう性格なんだな。

リードしよう、悶えさせてやろうとしてがんばっていたが、そんなことはしなくてよかったのだとさえ思えてくる。

「やめないでつづけてよ。ねっ?」

沙亜耶は、力づけるようにして、美樹の頬を指先でそっと撫でた。まるで園児にするみたいな手つきが、このおっとりしたメガネの上級生らしかった。

「そ、そうですね」

おしゃべりに夢中になるあまり、腰の動きがとまっていた。

美樹は、再びペニスを前後しはじめた。

膣のまんなかの狭いところが抵抗してくる感触を楽しみながら突きこむと、亀頭がズンと奥の子宮口にぶつかってコリッという音をたてる。まるで連動するかのように、亀頭の首のところがキュウと締めつけられ、子宮口の硬いところに密着させられる。

亀頭を咥《くわ》えこんでくるぷりっとした抵抗感を感じながらムリヤリに引き抜くと、膣のまんなかの狭いところで激しく擦過される。

「沙亜耶さんっ、うっ、熱い、し、締まるっ、すごいっ、気持ちいいですっ!!」

沙亜耶は力づけるようにして笑いながら、美樹をじっと見あげている。

美樹は、腰を突きあげるたびゆさゆさと揺れる、ほどよい大きさの乳房をキュッと握った。

そのとき、沙亜耶の腰がガクガクッと跳ね、膣奥の子宮口からドロリと濃い液体を吐きだした。

「わっ、熱いっ、すごいっ！」

子宮口を刺激されて溢れる子宮頸管粘液《しきゅうけいかんねんえき》はドロリとして、男根にネットリと絡みついてくる。まるで子宮頸管粘液に煽《あお》られるようにして、腰の動きが激しくなる。もう、射精する寸前だ。

「美樹くんっ、ど、どうしたの？」

沙亜耶は、美樹の様子が前と違うことにとまどっているらしかった。

「で、出そう、ですっ、うっ、ぬ、抜きます、からっ！　くっ、くっ」

この弾力のある熱い媚肉の感触を、ギリギリまで楽しんでいたかった。美樹は、腰の奥でドロドロした液体が煮えたぎる感触を覚えながら、さらに激しく腰を打ちつけていく。

「なかで出していいのよ」

「えっ、で、でも、それは……」

「いいの。私、美樹くんの、精液が、うっ、ほ、欲しいの」

沙亜耶の腰がぐうっとせりあがり、よりいっそう熱くなった。まんなかと奥の狭いところがいっそう締まり、ドアノブをまわすようによじれる。たまったものではなかった。

美樹は、最後のひと突きのつもりで勢いよく腰を引く。そのとき、思っていたよりも早く射精がはじまった。

「うっ、ううっ、うぅうぅっ‼」

美樹はあわてて腰を打ちつけた。まんなかの狭く硬いところを、亀頭のエラでこそげ落とすようにして押しこむと、勢いがついた肉茎が子宮口を強く強く押しあげた。

コリッとして硬い子宮口を、亀頭でグリグリッとえぐりながら、欲望を解放していく。

「あ、今……出てる……」

まるで精液に反応したように入り口とまんなか、膣奥近くの狭いところが紐を引き縛ったように締まり、肉茎のなかの精液を吸いあげようとする。

強くなったり弱くなったりしながらつづいていた射精がすっかり終わってからも、美樹は沙亜耶を抱きしめたままじっとしていた。膣ヒダは、さながら蛇腹《じゃばら》のポンプのように男根を揉みこみながらうごめいて、精液のすべてを子宮内に収めようと蠕動《ぜんどう》している。

この温かくやわらかい肉のなかに、ずっと潜りこんでいたいという気分がした。

「奥のほう、すっごく熱い……美樹くん、ありがとう……」

沙亜耶は、美樹の髪をよしよしと撫でている。

美樹は、照れくさいような満足感と達成感を覚えながら、上級生の鼻のアタマにキスをした。

☆

「じゃあね。おやすみ……っていうには遅いかな」

抱き合ったまま、二人して一緒に眠ってしまい、気がついたときにはもう明け方近かった。

部屋はほんのりと明るくなっていた。あと二時間も経てば、いつもの朝がはじまるだろう。

「ごめんね。すごく遅くなっちゃったね」

「はい。でも、仮眠しますよ」

「そうね。授業中に眠ってしまわないようにしてね」

「はい。おやすみなさい」

見慣れたパジャマ姿の沙亜耶が、なんでもなさそうな雰囲気で部屋を出ていく。

美樹は一抹の淋《さび》しさを覚えながら、沙亜耶の後ろ姿を見送った。パジャマから出ている裸足《はだし》の足首がほんのりと白く浮かびあがって見える。

この白い身体を抱いていたのだ。キスをし、セックスした。沙亜耶の様子はあまりにも普通すぎて、甘い時間を過ごしたことさえ、夢のように思えてしまう。

――あっ。僕、沙亜耶さんに好きだって言ってないっ！

「あの、沙亜耶さんっ」

「え、どうしたの？」

沙亜耶は、ドアノブに手をかけたままで振りかえった。丸いフチのメガネの奥で、瞳がやさしそうに細められている。

「僕、沙亜耶さんが好きですっ」

「今頃になってどうしたのよ」

沙亜耶はくすくすと笑いはじめた。

「でも、言わなきゃって思ったんですっ！」

「ありがとう。でも、美樹くんは、まひるちゃんを……だから、私、これっきりのつもりで……今日は……だからプレ……トを。ううん。いい……言いすぎちゃった」

「な、なんのことです？」

「おやすみなさい」

沙亜耶はきゅっと唇を噛むと、未練を断ち切るような様子で前を向き、ドアを開けた。

「きゃっ！」

「ど、どうしたんですか？」

口に手を当てて驚いている沙亜耶の前に、泣きそうな顔をしたまひるが制服を着て立っていた。

VI　みんな一緒に可愛がってあげる

まひるはドアの向こうの沙亜耶と、その後ろに立っているパジャマ姿の美樹を見ながら、立ちつくしていた。

これはウソだ、信じられないと思う一方で、ああ、やっぱり、と思う自分がいる。

隣室から響く物音と話し声に起きてしまい、わけがわからずぼんやりしていたら、上のベッドにいるはずの沙亜耶の気配がないことに気がついた。そうっと声をかけても返事がない。

老朽化したなでしこ寮の部屋の壁は、物音や振動を伝えてくるが、話している内容まではわからない。それでも、隣りの美樹の部屋からひそやかな気配が伝わってきて、なにが起こっているのか理解できる。

動転のあまり、いても立ってもいられず、制服に着替えて廊下に出た。部屋にひとりでいると、嫉妬《しっと》とエッチな妄想で狂い死にしてしまう。制服に着替えたのは、だらしない格好をしたくなかったからかもしれない。

好奇心に駆られ隣室のドアの隙間から部屋を覗きこんだが、壁際のベッドはちょうど死角になっていてなにも見えない。

――相手は誰？　沙亜耶ちゃん？　まさか……。

部屋のなかだと聞こえなかったあえぎ声やささやき声、ベッドのきしむ音や粘着音がはっきりと聞こえる。部屋に戻らなくては思いながらも、その場から動くことができなかった。

――この声、やっぱり沙亜耶ちゃんだよね？　でも、どうして？　沙亜耶ちゃん、男が苦手なはずじゃなかったの……。い、今、挿入してる？　この音、そうだよね。そんな、そんな、ひどい……。

エッチな気配がビジュアルを喚起して、体感までも呼び覚ましてしまう。

――立ち聞きしちゃダメだよ。もしも見つかると最悪だから。部屋に戻ろうよ。

冷静な自分がわめくのだが、まるで足が動かない。

つい、股間や胸に伸びてしまいそうな手を意志の力で押しとどめているだけで必死だ。

そして、事態は心配した通りに進んでしまった。

――気がつかなかったらよかったっ！　そしたらこんなに気まずい思いをせずにすんだのにっ!!

廊下のまひると部屋のなかの二人は、入り口を隔《へだ》てて黙りこんだまま見つめ合った。針でつつけば割れるのではないかと思うほどの緊迫した空気が漂う。

先に口を開いたのは沙亜耶だった。

「まひるちゃん。ごめんね」

「あはは……あやまらなくていいよ。沙亜耶ちゃんと美樹、ラブラブなんだ。知らなかった」

「う、その……」

美樹は困り果てたという顔をしている。

――そんな顔をするぐらいなら、はじめっからしなきゃいいでしょっ!!

まひるはかっとなった。だが、声が出ない。さまざまな感情が胸のなかで荒れ狂う。嫉妬《しっと》で苦しいほどなのに、怒る気分にもなじる気分にもなれない。

言葉の代わりに噴きだしたものは涙だった。

「う……くっ……ふ、ひん……ひくっ……私、み、美樹が好きなのにっ、す、好きなのに……」

まひるは、手の甲で涙を拭《ぬぐ》いながら泣きじゃくった。これでは子供だと思いながらも、ひとたび溢れた涙はとめようがなかった。

「泣かないでよ。まひるちゃん」

「ごめん。まひる」

二人がまひるを慰めようとする。それがよけいにまひるをみじめにさせた。まひるは顔をそむけて泣きじゃくりはじめた。

同じ失恋するにしても、もっといいやり方があったはずなのに、どうしてこれほど最悪のパターンを踏んでしまったのだろう。痛くて悲しい。胸が苦しくて我慢できない。

「まひるちゃん、とにかく部屋に入ろ。風邪ひいちゃうよ」

沙亜耶がまひるの背中を抱くようにして、部屋のなかに入れさせた。そして、ベッドの下の段に腰かけさせ、肩を抱いて寄り添うように座る。

まひるの大好きな男性のベッドで、美樹とセックスした沙亜耶が、まひるの肩を抱いて寄り添っている。

沙亜耶の体温と男の移り香が密着してきて、いたたまれない。逃げたくなったが、身体が動かない。

「ひどいよ……」

まひるは、沙亜耶の手を振りほどくと、絞りだすようにして声をあげた。

「ごめん。まひる」

ベッドの前に立つ美樹が頭をさげた。さえぎるようにして、上級生が泣きじゃくるまひるの背中を叩く。

「うん。ひどいよね。私が悪いの。私、一回だけ抱いてもらえたら、それできっぱりあきらめるつもりだったの。だって私、今日、ってか昨日、誕生日だったの」

「えっ、沙亜耶さんって、昨日が誕生日だったのか？」

「うん。言わなかったからね。今までだったらシスターアグネスが誕生パーティをしてくれたんだけど、なんかシスター、最近、気もそぞろっていうか、心ここにあらずって感じなのよ」

まひるはぽかんとした顔つきで沙亜耶を見た。

――沙亜耶ちゃん、どうしてこんなに落ち着いているのかな……。

年上の余裕だろうか。いや違う、まるでこうなることを予期していたような感じではないか。

「誘ったのは沙亜耶ちゃんなのね？」

声が低くなり、すごむような迫力を帯びた。

「うん、そうよ。私が誘ったの。悪いのは私なの」

「いや、悪いのは僕だよ」

「ねえ、ひとつだけ聞かせてよ。美樹は、沙亜耶ちゃんと私のどっちが好きなの？」

部屋に沈黙が立ちこめた。

☆

美樹は面はゆい表情を浮かべた。

どちらが好きかと聞かれても、答えられるものではない。小柄でショートカット、メガネ美人で、年上なのにかわいらしい沙亜耶。

すっきりと背が高く、巨乳でプロポーションがよく、表情がクルクル変わるまひる。

沙亜耶は年上なのに甘えてくるところがかわいい。守ってあげたくなってしまう。

幼なじみのまひるは、美樹を盛大にかまってくれるところがうれしい。気が強いのに、感情が高ぶると泣いてしまうところも、僕がついていなければいけないんだと思わせてしまう。

——あっ、そうか。僕、二人ともが、同じぐらい好きなんだ……。

だが、そんなこと言えるわけがない。二人とも好きだというのは、女子がいちばん嫌うパターンだと、今の美樹にはわかっている。

——嫌われてもいいか。いや、いっそ、嫌われるほうがいいんだ。

シスターアグネスに約束した。まひると沙亜耶を絶対に傷つけないと。傷つけるよりも、嫌われてしまうほうがずっといい。

「僕は二人とも、同じように好きだ。イイカゲンな気持ちじゃない」

美樹は、きっぱりした口調で言った。

部屋がシンとした。まひるはぽかんとした顔をしているし、沙亜耶もびっくりした表情で美樹を見あげている。

まひるは泣き濡れた顔をあげながら、オウム返しに聞いた。

「同じように？　同じぐらいに？」

「うん。そうだ」

美樹はきっぱりと言いきった。

まひると沙亜耶は、どうしていいかわからないというような表情を浮かべながら、二人して顔を見合わせている。驚きが先に来て、怒るところまでいかないようだ。

「どっちが好きなのか？　って聞きたいんだと思うけど、どっちも好きだ、っていうのが僕の答えなんだ。これは僕のワガママだから、君たちに嫌われても仕方がないと思っている」

「私もまひるちゃんと美樹くんの両方が好きよ」

静かな口調で話しはじめたのは沙亜耶だった。

「だってまひるちゃんってカッコいいんだもん。まひるちゃんの前で、私は女の子が好きだってシスターに相談したのは、私の気持ちを気づいてほしかったからなの。ダメだったけどね」

沙亜耶はにこにこと笑った。

——ああ、そうか。まひるは沙亜耶さんの好みのタイプだよな。凛々《りり》しくて綺麗だもんな。すらっとして背も高いし。なんで今まで気づかなかったんだ。

先輩と後輩なのに、二人はとても仲がよかった。沙亜耶は、いきなりの部屋替えも大歓迎で、「まひるちゃんと一緒の部屋なんてうれしい」とはしゃいでいたぐらいだ。

美樹は、沙亜耶とまひるの両方が好き。沙亜耶は美樹とまひるが好き。まひると沙亜耶は友達だ。

——あれれ、これって、もしかして、もしかするんじゃないか？

美樹の胸が期待にワクワクと弾むが、殊勝《しゅしょう》げな顔をつくろっておく。

☆

まひるはあっけに取られ、沙亜耶の手を振りほどいて立ちあがった。

——美樹も沙亜耶ちゃんも、なんてコトを言うの？

「私はイヤよ！　そんなこと、許せるワケないでしょ!?」

「うん。当然だよね。だから、私、これっきりにするね。美樹くんとまひるちゃんは仲よくして。私なんかでケンカしないで。私、美樹くんに抱いてもらえただけで満足なの」

沙亜耶は、美樹とまひるの手を取って、重ね合わせた。まひるはかっとなった。必死で抑えていた怒りが爆発する。

「嫌いよっ。嫌いっ！　二人とも嫌いっ。大嫌いっ!!　二人ともけがらわしいわっ」

「静かにしてよ。まひるちゃん。シスターアグネスが起きちゃうよ。正体がバレて美樹くんが退学になるのはイヤでしょう？」

沙亜耶が人種の違う人間に見えた。まるで話が通じない。

お月様の光に沙亜耶のメガネのレンズが反射して、瞳が見えないことも、わけのわからなさをけしかける。

激昂《げっこう》するまひるを背中から抱きしめたのは沙亜耶だった。背中に胸乳をこすりつけ、腋の下から伸ばした手でまひるの乳房を揉みしだく。

「三人で一緒に仲よくしようよ」

「えっ、い、いやっ、そんなっ、そんなイヤあ!!」

「沙亜耶さん。やめてくれ。僕も、そうできたらいいなと思う。でも、無理強《むりじ》いはしない。まひるに乱暴したら許さないよ」

沙亜耶はぱっと手を離し、まひるの背中をトンと押した。まひるは、美樹の胸に倒れこんだ。

「うん。わかった。私、あきらめる。美樹はまひるちゃんと仲よくね。私、部屋に戻るね。おやすみ」

あっさりした口調に、まひるのほうがおろおろする。

——三人で一緒に楽しめたらいいなと思うけど、無理強いはしない。

――まひるに乱暴したら許さない。

美樹の言葉が胸に甘く染みていき、まひるのなかのなにかを変えていく。

――私だけなんだ。私がオッケーすれば、すべてが丸く収まるんだわ。

まひるは、美樹にきゅっと抱きつきながら、こわごわと聞いた。

「二人が同じだけ好きって、半分ずつ好きってこと？」

「違うよ。半分じゃなくて、好きが一個ずつだよ」

「い、いいよっ……」

美樹を誰にも取られたくないと思っていた。だが、これは、誰かに美樹を取られるわけではない。

もっと言うと、大好きな人を友達に取られないためにも、心を決めなくてはならないのだ。

「沙亜耶ちゃんなら、一緒でもいいよッ!!」

☆

――やったぁっ!!

美樹は、内心で快哉《かいさい》を叫んだ。まさか、ここまでうまくいくとは思わなかった。まひるのやわらかい身体を抱きしめながら、おでこにそっとキスをする。

「うれしいよ。まひる。大好きだよ」

「私もまひるちゃんが好きよ」

「うん。そうね……私も、たぶん、できると思う！　ってか、するからねッ」

まひるは、きっぱりした口調で言った。泣きじゃくっていたさっきまでと明らかに様子が違う。

──な、なにを考えているんだ？　まひる。

まひるの気の強さを誰よりも知っている美樹はどぎまぎした。まひるが、沙亜耶を友達としか思ってないことも、美樹の不安をけしかける。

まひるは抱擁《ほうよう》をほどくと、潔《いさぎよ》い手つきで制服の前ボタンをぷちぷちとはずしていく。脱ぐのかなと思っていたが、前を開いただけでやめてしまった。

ブラジャーのホックをはずすのももどかしいとばかりに、カップのなかに手を入れて乳房を引っ張りだす。

頑丈なブラジャーに下乳を押さえられたFカップの胸乳は、前に向かってロケットのように飛びだした。乳首はとうに尖《とが》っていて、ツンと上を向いている。

「わっ、まひるっ。うわっ」

さらにまひるは、制服のフレアースカートに手を入れてショーツを脱ぎ去った。手早く畳んでしまったので見えたのはほんの一瞬だったが、秘唇に当たる二重布のところがひどく濡れているのが見てとれた。

「まひるちゃん」

沙亜耶は、うっとりした表情でまひるを見ている。目のフチが赤く染まり、とろんとした顔つきになっていた。美樹を見るときとはぜんぜん違う表情に目を見張る。

──沙亜耶さん。百合《ゆり》っていうの、ほんとうなんだ……。

「沙亜耶ちゃん。キスしよ」

「うん。まひるちゃん」

パジャマ姿にメガネの上級生と、制服の襟からFカップの乳房をこぼれさせた一年生がキスする様子は、ドキッとするほどセクシーだった。

「あ、あのっ……ぼ、僕はっ!?……そのっ」

「美樹、ちょっと待っててよ。私、大事なコトをしてるんだから」

「邪魔よ。美樹くん」

いずれ劣らぬ美少女の唇が合わさる部分から、ときおり真っ赤な舌がのぞき、蝶々《ちょうちょ》の戯《たわむ》れのように絡み合う。

まひるの背中にまわされていた沙亜耶の手が自分の前にまわり、パジャマのボタンをひとつひとつはずしていく。

あっと言う間に、沙亜耶の胸が剝きだしになった。

「沙亜耶ちゃん……んっ……ちゅぱぁっ、ちゅるるっ、ど、どうかな……気持ち、いい？」

「まひるちゃぁんっ、ん、んんっ、気持ちいいよぉ……キス、甘ぁいぃ……」

二人は、くなくなと身体を揺すっていた。乳房をくっつけ合って楽しんでいるのだ。

Fカップのまひるの乳首が、Cカップの沙亜耶の乳輪を押し乳首を跳ねあげて離れる。

乳房同士がぽよぽよと弾みながら、くっつき合って離れる様子を見ていると、まるで乳首と乳首を打ち合わせてチャンバラをしているようにも思えてしまう。

「んっ……はぁ……まひるちゃん。好き、好きよぉっ……」

美少女二人のキスを見ていると、胸がドキドキと弾んでくる。さっき、射精したばかりというのに、もうペニスは痛いぐらいに勃起している。

——いいよな……。別に。二人とも、僕を好きなんだし……。

美樹は、まひるのスカートをくるくると丸めながらめくりあげていき、ベルトのところに巻きこむようにしてとめた。

聖フロリナ伝統のフレアースカートは、花びらのように波打ちながらお尻を基点にひろがって、白い下肢を額縁のように象《かたど》っていく。

女同士でキスをする幼なじみの下半身をお尻のほうから眺めるのは、想像以上に悩殺的だ。

「ちゅぱっ、やぁん。そ、んなトコロ、見ちゃイヤあっ……」

「あっ、沙亜耶ちゃぁん。沙亜耶ちゃぁあんっ、んっ、んんんんっ、ひくっ」

美樹は、くなくなと揺れる生尻を手のひらで撫でさすった。お尻が緊張し、双臀の脇のえくぼ状のへこみが深さを増す。お尻を撫でるたびにざわっと鳥肌が立って手触りが変わっていく。

まひるは尻タブを締めて、お尻の穴や大陰唇を見せないようにしているみたいだが、それでも秘唇がどろどろに濡れているのは見て取れた。シワヒダを集めたお尻の穴が、美樹の顔のすぐ前に来ていた。

キュッと締まったお尻が、誘うようにくなくな揺れる。

美樹は手持ち無沙汰《ぶさた》のあまり、尻タブを手で持ちながらお尻の穴に親指を当て、シワヒダの中央に向かって指先を当てた。少し力を入れてぶすりと突き刺す。

「ひゃんっ、い、いやあ……あんっあん、あぁぁあっ、や、やめて、し、しないでぇっ!!」

まひるの身体がガクガクッとふるえ、その場に膝を折ってしまった。両手を床につき、はあはあと息をつく。

「ど、どうしたの？　まひるちゃん」

「ん……な、んでもない……」

まひるは細い声で言い顔を振った。お尻の穴をいじられて、驚きと一緒に満足感を覚えたなんて、沙亜耶の前で口に出せるわけがない。

――もっとしてよ。美樹。もっとヒドイことをして。

沙亜耶の前で、私をもっとかまってほしい。美樹にとって、沙亜耶よりも私のほうが大事なんだと思いたい。

沙亜耶には友達としての感情しかない。だが、美樹が沙亜耶を好きだというのなら、まひるも彼女を好きになろう。だが同列ではダメなのだ。

――美樹くん、私を、沙亜耶ちゃんより好きになって。

「沙亜耶ちゃん。好きよ……。キスしよ……」

「うん。そうね……」

沙亜耶が、まひるの横に四つん這いになった。お互いに頬を寄せ合うようにしてキスを交わす。

「好きよ……まひるちゃん、ああ、好き」

「うん。私もよ……ちゅぱっ、ちゅっ、沙亜耶ちゃぁん、好きぃい……」

心にもない言葉を繰りかえしながらキスを重ねていくと、身体がジワッと熱くなる。二人のキスはぎこちなかったが、お互いが先生になって教え合い、生徒となって覚え合うために、二人のキスはどんどん深くなっていく。

——美樹、してよ。ね？　オチン×ンを入れて。さっきまで沙亜耶ちゃんとセックスしてたんでしょ？　今度は私に入れて……。

パジャマ姿の沙亜耶と、制服をめくりあげてお尻を出しているまひるでは、まひるのほうがずっと扇情的なはずだ。まひるは思わせぶりにお尻を揺すった。背中のほうから美樹の声がかかった。

「あのさ、沙亜耶さん、ズボンとパンティを脱いで、あお向けになってよ。それで、まひるが上になって抱き合ってほしいんだ。あ、いや、その、まひるが下でもいいんだけど」

——美樹ってば、なにをたくらんでいるの？

「うん。するね……これでいいかな」

沙亜耶はあっさりと言うと、パジャマのズボンとショーツを脱ぎ捨てた。そのとき、美樹の精液の匂いがぷんと香った。まひるの胸の奥に、嫉妬《しっと》の苦い味がひろがっていく。

沙亜耶のように女の子が好きで、男性は美樹だけが好き、という女の子ならまだしも、まひるはそこまで割りきれない。まひるは、あお向けになって寝転がる沙亜耶をじっと見る。

「沙亜耶ちゃんのおっぱい、かわいい」

どこか皮肉めいた口調になってしまう。

——このおっぱいを美樹は吸ったのね……。

スカートをたくしあげながら、沙亜耶に覆いかぶさった。さっき、立ったままで乳房をこすり合わせていたのが、あお向けになっただけの違いだ。

だが、横になっているぶん密着度が高く、まるでまひるが沙亜耶を犯しているみたいでドキドキする。

「お尻、あげてよ」

美樹が下になっている沙亜耶のお尻の下に枕を二つ重ねて入れ、さらにクッションを入れた。沙亜耶の腰がくっと上にあがり、恥丘と恥丘、秘芽と秘芽が密着する。

「あうっ、くっ、くぅっ!!」

「やぁんっ、まひるちゃんっ、揺すらないでぇっ」

まひると沙亜耶の喉から、それぞれ悲鳴がもれた。

立ち聞きしながら興奮していたため、まひるはとうに準備ができていて、秘唇は充血してとろとろに濡れているし、クリトリスは勃起して包皮から飛びだしている。

クリトリスは、女の子の身体のなかで、もっとも敏感なところだ。それをお互いに打ちつけているのだから、恐ろしいほどの刺激に襲われる。電気のコードを当てられるのにも似て、腰全体にビリビリッと響くような電流が走った。

それは沙亜耶も一緒だったみたいで、上級生の見慣れた顔がとろんと曇《くも》る。

「沙亜耶ちゃん。かわいいっ!　どう?　こうすると気持ちいい?」

まひるは腰を揺すり上半身を揺らめかし、秘芽と秘芽、乳首と乳首をこすり合わせていった。

「んっ、はぁっ……だ、だめっ、まひるちゃん……あんっ、あぁっ、し、痺れるよぉっ」

「ふふっ、私もね……あうっ、すごいっ、んっ、んっ、ビリッてくるぅっ……」

まるで、まひるが男になって沙亜耶を犯している気分だ。

えらぶったりしたことのない沙亜耶だが、やはり上級生と同室は神経を使うところがあり、ひとり部屋のときのほうが生活しやすいと思っていた。その沙亜耶が、まひるの身体の下であんあんと声をあげて悶えている。

――沙亜耶ちゃんを、もっともっと気持ちよくさせてやりたいな……。

まひるはくなくなと顔を振る沙亜耶の耳に、ふうっと息を吹きかけた。

「きゃんっ、んんんっ、ま、まひるちゃぁんっ、だめだよぉっ!!」


――すげぇな……。

美樹は、重なり合う二人を足もとのほうから眺めながら、目の前に展開するすごい光景と香りたつ甘い体臭にくらくらする気分を味わっていた。

上半身が揺らめくたび、FとCの乳房がくっつき合って離れる様子も扇情的だが、なによりもすごいのは下半身だった。

まひるの秘唇が、ヒクつきながら蜜を吐き、その蜜がすぐ下の沙亜耶の大陰唇に落ちかかる。

お尻が揺れ、量感のある太腿がうごめくたびに、興奮のあまり赤く染まったクリトリスがチャンバラのように打ちつけられている様子が見える。

より扇情的だったのはまひるのお尻だった。形よく引き締まった量感のある双臀の谷間で、セピア色のシワヒダをいっぱいに集めてすぼまったアヌスが、イソギンチャクの口のように、すぼまったりひろがったりを繰りかえす。さっき、指を入れたときの、熱したゴムのような感触も、美樹の好奇心を煽《あお》った。

——アナルセックスって、どんな感じなんだろう……。

だが、まずは二人の味比べだ。そのために重なり合ってもらったのだ。二組の太腿のあいだから、秘部が二つお団子になっている様子は、恐ろしくエロティックだ。

こうして見比べていると、二人の女陰の形の違いがハッキリわかる。まひるのほうが、クリトリスは大きくて長い。だが、沙亜耶のクリは、小さいわりに硬いようで、まひるの陰核が沙亜耶の秘芽に押しあげられるたび、痛そうに歪《ゆが》む。

秘唇は、二人ともぷっくりしてかわいいが、さっきセックスしたぶん、沙亜耶のほうがスリットがほころんでいやらしい雰囲気になっていた。

美樹は、少し迷ったものの、まひるから先にすることにして、幼なじみのお尻の脇をしっかりと持った。そして、スリットに亀頭を合わせて前後に振る。まるでペニス

を吸いこもうとするかのように、膣口がヒクつく。

「あっ、あんっ、美樹ぃっ、だめぇ……」

もっと粘膜をこねくって、さんざん焦らして、いっぱいおねだりさせてから挿入しようと思っていたのに、エッチな二人の姿を見て我慢できなくなってしまった。

美樹は、まひるのアヌスを観察しながら、膣口に亀頭をズブリと突き入れた。

「あんっ、美樹ぃ……いいっ、き、気持ちいいのぉ、奥まで入れてぇ……」

沙亜耶がはっとしてまひるを見た。沙亜耶の位置からでは見えないはずだが、なにが起こっているのかは気配でわかるのだろう。

まひるは沙亜耶の動揺に気づかないのか、気づいていながら無視しているのか、むさぼるように唇を合わせた。そして、女同士の執拗《しつよう》なキスをつづけていく。

エラが張った亀頭がみっしりと粘膜を集めて閉じている秘口をこじひろげ、ムリヤリな強さで奥へ奥へと進んでいく。

「あっ、美樹、いいっ……あうっ、うっ……」

「あんっ、わ、私も、欲しいよぉっ……」

まひると沙亜耶が交互に声をあげる。沙亜耶がカクカクと腰をあげた。クリトリスはまひるのほうが大きいが、沙亜耶の小さくて硬い陰核がピンポイントで押しあげる感触がたまらないようだ。

「ひゃうんっ!!　だ、ダメっ、さ、沙亜耶ちゃんっ、しちゃダメぇっ!　感じすぎるうっ」

「まひる、い、痛くないのか?」

「うん、ぜんぜんっ。あんっ、んんんっ、いいよぉっ、気持ちいいぃいっ……」

まひるは甘い声をあげて身体をくねらせた。

破瓜《はか》のときの苦痛は、二度目の今はまったくなかった。こんなにたくましくすばらしいものをあたえてもらった喜びに、身体の芯が甘く疼く。

「気持ちいいよぉ……美樹ぃ……」

沙亜耶と重なり合った状態で挿入されているせいか、ことのほか被虐感が強い。

美樹はまひるのずっと上に立つ神様で、まひるはこのすばらしい男神にひれ伏すために生まれてきたのだとまで思ってしまう。

それでいて、美樹が沙亜耶よりも早く挿入してくれたことで、上級生に勝ったというような、爽快な気分を覚えていた。

身体の芯に重い刺激がコツンと走り、亀頭が子宮口を突きあげた。全身がふるえるようなズウンと重い衝撃が走る。

「気持ちいいっ！」

声に出してはじめて気づいた。

——あっ。そうなんだ。これって快感なんだっ。

まったくはじめての刺激なので、初体験のときはなにがなんだかわからなかった。飛ばされそうな錯覚に襲われて、イクと叫んでしまっただけだ。

だが今は、これはオーガズムだとはっきりわかる。ティーンズ雑誌で読んで、どういう感じなんだろうとぼんやりと考えていた快感が、今、まひるの身体を襲っている。

「あっ、うぅっ……あっ！　あんっ、あぁ、あっ!!」

キュウウッと下腹が絞られるような、苦痛に近い快感がまひるを襲う。暴力的なほどに鋭い感触に、甘い声をあげて悶えてしまう。

「美樹、好きよ……私は、ぜんぶ、美樹のものだよ……美樹は私に、なにをしてもいいの……私は美樹の、奴隷なのよ」

美樹が息を呑む気配がした。

だが、美樹が硬直していたのは一瞬で、思い直したように双臀の脇を持ち直すと、ドスドスと腰を打ちつけてくる。

「僕も、好きだよっ、まひるっ」

膣ヒダの壁をこそげ落とすのではないかと思うほどの迫力に、まひるは身体全体をガクガクさせて律動を受けとめた。

下腹の奥がキュンキュンする。せつなく疼くそれは、苦痛に似ていたが、もっと甘く強い。

――なんでこんなところがキュンキュンするの？

――あっ。これ、子宮だっ。私、子宮が疼いているんだっ！

沙亜耶とくっつけ合わせている乳房の内側も、子宮に連動して甘痛く疼きはじめる。

「やんっ、まひるちゃんっ、だ、だめぇっ、そ、そんなにしちゃダメっ。わ、私、ヘンになるよぉっ」

まひるの下敷きになっている沙亜耶が悲鳴をあげる。まひるが身体を揺らすたびに、沙亜耶の両の乳首と秘芽が引っ張られる。それは、沙亜耶にとっては、まひるに犯されているも同然で、悲鳴をあげて悶えずにはいられない。

火照《ほて》った秘唇に、美樹の冷たい陰嚢《いんのう》がぺちっと当たって離れる感触さえも感じてしまう。

「美樹くぅんっ、私も、あぁあぁあっ、私も欲しいのぉっ!!　私も」

美樹はペニスを抜き、すかさず沙亜耶の膣に突き入れた。

「い、いやっ、美樹っ、美樹ぃいっ、ぬ、抜かないでぇっ、も、もう少しだったのよぉ」

まひるの悲鳴を聞きながら、沙亜耶の膣壁を堪能《たんのう》する。

「あんっ。気持ちいいよぉっ。最高よぉっ!! 美樹くぅんっ。ねっ、私も、私も奴隷にしてよぉっ!!」

沙亜耶はまひるに負けまいとしているようにして、高い悲鳴をあげて腰をまわした。

——違うな。やっぱり。ぜんぜん違う。

まひるの膣ヒダは、こんにゃくでできたうどんをいっぱいにつめた蜜壺みたいな感触だった。全体がウネウネしていて、プリプリと硬い。感じてくると、さながらこんにゃくうどんを引き絞ったみたいにして、膣ヒダ全体がキュキューと締まる。

沙亜耶は典型的な三段締めで、入り口とまんなか、奥の子宮口付近によく締まるところがある。膣ヒダそのものはつるつるでやわらかいくせに、その狭いところだけ、ナタデココかこんにゃくゼリーのようにプリプリしている。

まんなかの狭いところを通り抜けるとき、どうしても勢いがついてしまい、亀頭が強い勢いで子宮口を突きあげる。

結合部からぬちゃッ、ぬちゃッと粘膜がきしむ音がした。

「違うもんっ。美樹の、ご主人様の奴隷は私だもんっ。沙亜耶ちゃんには負けないもんっ」

まひるがあわてたように叫びながら、身体を起こそうとしてもがいている。

美樹は笑いだしそうな気分を味わっていた。幼なじみと上級生、ポニーテールにショートカット、すっきりした美貌の美少女と、メガネの似合うかわいらしい上級生。タイプの違う二人の女子生徒が、美樹を取り合いしているのだ。自分がすばらしい人間に生まれ変わった気分になる。

「美樹くんっ！　わ、私も欲しいぃっ!!」

まひるが美樹のほうを振りかえりながら叫んだ。美樹は、わがままを言う奴隷のお尻をぴしゃりと叩いた。まひるの身体がビクッとすくむ。

「奴隷のくせに、ご主人様に向かってえらそうなことを言うんじゃないっ！」

「きゃんっ、はいっ、言いませんっ。美樹……い、いえ、ご、ご主人様ぁっ。奴隷の私に、精液をくださいませっ」

「わ、私も、私にもくださいっ。ご主人様っ。ウッ、も、もう、イキそうですっ!!」

「えっ、ほんとに？」

沙亜耶に絶頂間近だと告げられ、美樹は思わず聞きかえした。沙亜耶とつい二時間ほど前にセックスしたとき、結局感じずに終わったのだ。

「お、奥がっ、奥がぁっ、あぁあぁっ、奥がぁっ！　キュンキュンするのっ」

「奥、子宮口……か」

美樹は、ペニスで膣奥をえぐるようにして、力強いストロークを繰りかえす。

「し、子宮なの？　わ、わかんないっ。びりびりするよぉっ」

この姿勢だとどうしても結合が浅くなるのだが、沙亜耶がブリッジをするかのように腰を浮かしはじめた。より深いところでペニスを味わおうとするかのように、まひるをお腹に乗せたままでせつなく腰を揺らしている。

「沙亜耶ちゃんっ、そ、そんなにしちゃっ、イヤッ!!」

上になっているまひるが悲鳴をあげた。沙亜耶は美樹の突きあげに合わせて身体を前後に揺らしている。沙亜耶の硬い秘芽が容赦《ようしゃ》なくまひるの陰核を押しあげながら前後に揺すり、くっつき合った乳房と乳首が引っ張られる。

それは沙亜耶も同じであり、地獄のような快感にのたうちながら、ひいひい悲鳴をあげている。

まひるは逃げたそうに腰を浮かしているが、沙亜耶がしっかりと抱きしめてくるため、なにもできないようだった。

今、沙亜耶を貫いている美樹も、彼女が気持ちよくなっていることははっきりわかった。

「ああっ、美樹くぅんっ、飛びそうよぉっ。あぁぁああっ、イクッ！」

沙亜耶が、ヒクッと喉を鳴らしながら硬直した。そのとき、熱くなっていた膣ヒダが、ひくひくっと蠕動《ぜんどう》した。

「うっ、ううっ」

美樹は、お願い早く精液をちょうだい、と言わんばかりの膣ヒダからペニスをそそくさと引き抜いて、すぐ上のまひるの膣へと挿入する。

ペニスの交互串刺しは、お団子状態になっている女子高生を、二人同時に高めていく。

「あうっ、う、うれしいっ、美樹ぃいいぃいっ!!」

まひるが歓喜の声をあげた。こんにゃくうどん状の膣ヒダが、ザワめきながら肉茎に絡みつき、引き絞られる感触もたまらない。

「あっ、イクよぉっ、私もイクゥッ!!」

子宮が感じる二人にとって、膣奥深く挿入された男根の先端から噴きでる熱い精液は、絶頂に誘う強烈な麻薬だった。まひるの全身がブルブルッとふるえだす。

「うっ、ううっ」

美樹は、うなり声をあげながら、ひと突きしただけですぐにペニスを抜き、またすぐに沙亜耶の膣へと挿入し、メガネの上級生の子宮に向け精液を発射する。

二人一緒に、同じだけ精液を与えてやろうとしたのだ。

沙亜耶は、一度絶頂を覚えたにもかかわらず、一度抜かれたペニスがまたも子宮を突きあげたことで、熱いうねりに巻きこまれた。

「あっ、熱いっ、熱いぃいいいっ」

強烈すぎる快感におかしくなった身体の機能が排尿を誘う。

上級生から尿をかけられたまひるは、なにが起こっているのかわからず悲鳴をあげる。

「イッちゃうううぅうっ!!」

沙亜耶が、全身をギクシャクと跳ねさせ、全身の筋肉を硬直させた。ギリギリと食いしめてくる熱い膣ヒダからペニスを抜き、まひるの膣口に挿入する。

「あっ、うれしいっ。美樹っ、美樹ぃいいぃっ!!　ご主人様ぁっ!!」

イクラ状のブツブツがうれしくてならないとばかりに男根を舐めあげてくる感触に、もうなにも考えられなくなる。

「イクッ、イクイクッ、イクゥッ!!」

絶頂を告げるまひるの甘い声を聞きながら、美樹は精液の最後の一滴までも幼なじみの身体のなかに挿入した。

秘唇がいっぱいに口を開き、自分の男根を呑んでいるすぐ上で、お尻の穴がヒクヒクしている。

Ⅶ キミはずっと私たちのご主人様

「城島美樹さんですね？　時間を取らせてすみません。すぐ終わりますから」

「はい。なんのご用でしょう？」

美樹はスーツを着た中年男性の前で両手を前に組み、小首を傾《かし》げて殊勝《しゅしょう》な表情をつくろった。

この事務局の責任者だという男性は、美樹をしげしげと見ている。まるで服の上から裸を盗み見ているような視線だが、いやらしい色は不思議にない。まるで警察官が交通事故の取り調べをしているみたいな感じだ。

——なんなんだ。このオジサン、なんで事務局の人に、廊下に呼びだされなきゃいけないんだ。

　廊下は休憩時間をそれぞれに過ごす生徒たちでいっぱいだ。背広にネクタイの中年男性と女子生徒が対面している様子を、皆は珍しそうにちらちらと見る。

　少し離れたところに立ったまひるが、心配そうに美樹を見ている。美樹はまひるに向かって、だいじょうぶだよ、とうなずいてみせた。

「ひまわり保育園の保育士の先生方から、ジャングルジムで落ちそうになった園児を助けてくれた実習生がいるって聞いたんですよ。城島さんで間違いないですか？」

「はい。そうですけど……」

「フロリナには理事長賞っていうのがありましてね。目を見張る活躍をした生徒を、半期に一度表彰するんです。それで、君を候補にあげようと思って、書類を調べたんですよ」

　美樹は息を呑んだ。

　——書類を調べた？　それって、それって……。

「こうしてお会いして思ったんだが、君はほんとうにしとやかでかわいいですね。君の成績がすばらしいことも確認しましたよ。ピアノと声楽は苦手みたいだけど、他の教科は四と五でしょうね」

　男は、笑ってない目を光らせながら、さながらヘビが舌なめずりしそうな口調で言った。

「君は理事長賞にピッタリですよ。まさにフロリナを代表する女子生徒です。書類にミスがあったみたいだが、君のほうで間違いを修正してもらえますよね」

事務局は、書類を見て、美樹が男だと気がついたのだろう。これは明らかに事務局のミスだが、ミスだと認めると大変なことになってしまう。美樹はなでしこ寮の寮生で、女子生徒やシスターと一緒に住んでいるのだから。

そして事務局は思いついたのだ。責任逃れをする方法を。

「僕に学校を辞めろ、とおっしゃっているんですか？」

声がいちだん低くなり、すごんでいるような口調になった。どこから見ても美少女である女子生徒の全身から、怒りの波動が放たれる。

「いえ、そんなことは申しておりませんよ。もしも問題が起こった場合、寮母や寮生の生徒に迷惑がかかるのではないかと心配しているだけなんです」

「まひるたちに迷惑がかかる……」

事務局や教務というものは、どこの学校も感じが悪いものだが、この男は格別だった。だが、怒りを爆発させるわけにはいかない。美樹は唇を血が出るほどに噛んだ。

シスターアグネスとまひる、沙亜耶に迷惑がかかるというのは、美樹にとっていちばん痛いところだったのである。

「ええ、書類の性別があれですからねぇ。シスターアグネスと小河沙亜耶、南沢まひるの将来を考えて、城島さんが判断されるべきだと思いますよ」

「なにを言ってるんだよッ！」

まひるの怒声がはじけた。ざわざわしていた廊下がシンとなり、皆は黙りこんでまひると美樹、事務局の男性を眺めている。

事態の推移をはらはらしながら見守っていたまひるは、自分の名前を呼ばれ、ついに口を出してしまったようだった。

「美樹は女だよっ。オジサン、失礼だゾッ!!」

怒鳴られた事務局の男性は、苦虫を嚙みつぶしたような表情を浮かべた。そして、早口で言い放った。

「私は美樹くんが男だなんて言ってませんよ」

それは、まひるの怒声にシンとしていた廊下に響き渡り、毒のように染みていった。

事務局の男性は、言いすぎた、という表情を浮かべた。事務局は、美樹を脅して、自主的な退学に追いこみ、責任の所在をうやむやにしたかったのだ。

授業の合間の休み時間に廊下で話したのも、なんでもないこと、というポーズを取りたかったからだった。なのに、まひるに煽《あお》られてつい言ってしまった。

「じゃあ。よろしく」

事務局は自分は関係ない、とばかりのポーズを取ると、そそくさとその場を離れた。

だが、生徒たちの間に立ちこめた不穏な空気は消えなかった。

——美樹くん、美人だし、しとやかだよ。男なんてありえないよ。美樹くんが、男なんてウソだと思うわ。

——ううん。男かも。美樹くん。カッコイイもん。

——もしも美樹くんが男だったら、私たちの恥ずかしいトコロ、見られてたってコトになるよね？

——美樹くんって、いっつも、すみっこのほうで着替えるよね。裸見せないようにしてるよね？

——ほんとだ。私、美樹くんの裸、見たことないよ。

——私もだわ。

同級生たちのあいだに起こったささやきが、さざ波のようにひろがっていく。

ひとりの生徒が、遠慮がちに聞いた。

「美樹くん。女だよね」

「ったり前だろっ!!　女だよっ!!」

まひるが美樹の前にまわりこみ、背中で守るようにして怒鳴った。

美樹は、蒼白な顔をして、体をすくませることしかできない。まひるを盾にするなんて卑怯だと思いながらも、女だとウソをつくことも、男だと告白することもできるわけがなかった。

「じゃあ、脱いでよ」

「そうだわ。いい考えだわ。美樹くんに脱いでもらえばいいのよ」

「美樹くん、女だったら脱げるはずよね」

「裸になって!!」

群集心理とでも言うのだろうか。まひるの横から誰かの手が伸びて、美樹のスカーフをつかむ。ぱらっとスカーフのリボンがほどけた。

「脱がしちゃえっ!!」

皆はフロリナの生徒にはあるまじき行動に出た。

それぞれに手を伸ばすと、美樹の制服の裾やスカートをつかみ、引っ張り、脱がそうとする。制服の布地がほころびる、びりっという音が響く。

「いやっ、やめてっ……」

美樹は両腕で体を抱いて悲鳴をあげた。脱ぐわけにはいかない。寮母と寮生に迷惑がかかる。同性だと思いこみ、無邪気な姿を見せてくれた同級生たちへの裏切りにもなる。

——僕、もう、辞めてしまうほうがいいのかもしれない……。

「やめろっ、やめろって言うんだよっ!!」

まひるは振りほどこうと必死だが、女の子たちは容赦《ようしゃ》なく美樹の制服を引っ張り、爪をふるって攻撃する。

「つっ!」

「美樹、逃げろっ!」

「ああっ。まひるっ、ごめんっ!!　一緒に逃げようっ」

まひるの手の甲に滲《にじ》んだ血の鮮明な赤さに、美樹の体まで痛くなったが、今は逃げるしかない。美樹は両手で体の前をガードしながら、ほうほうのていで逃げだした。

とにかく寮の自分の部屋に帰ろう。シスターアグネスに相談し、辞めるように言おう。父は仕事中だろうか。電話をかけてあやまろう。荷物をまとめたほうがいいかもしれない。

「まひるちゃん。どいてっ。美樹くんが逃げるわっ」

「なにをやってるんだよッ！　追いかけるのはよせよっ!!」

——ごめん、まひるっ。ほんとうにごめんっ!!

「あらあ、なにをやってるのかしらぁ」

のんびりした声が響いた。シスターアグネスの声だ。

——あっ、そうか。次、保育概論Ⅰの授業だったんだっ!!

「美樹くん、どうしたの？」

「トイレですっ」

「私もですっ」

美樹のあとを追いかけて、まひるも一緒になって走りだす。

「もうッ！　仕方ないわねっ。みんな教室に戻りなさい」

「先生、美樹くん、男なんだそうです!!　だから私たち……」

「あらあ、そうなのぉ～。美樹くんって男なの？　うそぉっ。先生は女の子だと思うわぁ。まあ、どっちにしろ、フロリナは共学なんだからいいじゃないの。さあさあ授業をはじめますよ。ここ、中間テストに出すところだから、しっかり勉強しましょうね」

シスターはパンパンと手を叩いた。皆はしぶしぶ教室へと戻っていく。

――シスター、ありがとうございますっ!!

寮母の助け船に感謝しながら、美樹とまひるは寮へ向かって走っていく。

☆

なでしこ寮のドアを開けると、ちょうど寮を出ようとしていた沙亜耶が、きゃっと悲鳴をあげて飛び退いた。

「わわっ、び、びっくりしたっ!! 美樹くん、まひるちゃん、ど、どうしたの?」

「沙亜耶さんはどうして?」

美樹は、はあはあと息を荒げながら聞く。

「私は忘れ物を取りに来たの」

沙亜耶は、片手に持ったバイエルを目の高さに掲げてみせた。

「いったいどうしたのよ? まひるちゃんも、美樹くんも、真っ青な顔をしてるよ。私は次自習だからいいけど、まひるちゃんたち、授業だいじょうぶなの?」

「男だってバレたんだ……」

「私のせいだわ。私があんなこと言わなかったらっ……」

「えっ、ど、どうして?」

美樹とまひるは、交互に説明をした。沙亜耶は眉根を寄せた。メガネの奥の瞳がスッと翳《かげ》る。

「僕、学校を辞めるよ」

「そ、そんな、辞めなくてもいいよ。間違えたのは事務局なんだよ。ねえ、まひるちゃん、そう思うよね?」

「うん。私もそう思うよ。フロリナは共学だから、美樹が男でも問題ないはずだよ」

「でも、シスターアグネスとまひると、沙亜耶さんに迷惑がかかるんだ。男と一緒に暮らしたんだぜ」

美樹が言うと、まひると沙亜耶は顔を見合わせた。先に口を開いたのは沙亜耶だった。

「私は知らなかった、ってコトにするわ」

「うん。私もそうする」

「シスターアグネスは知らないと思うわよ」

「だって、シスターって天然だもん。シスター、素でボケてるもんねー。最近、ずうっとうわの空でボケっぷりに磨きがかかってきたわよ。なんでシスター、最近あんなに気もそぞろなんだろ」

　——シスター、結婚の話、進んでるんだ……。

　胸がキリキリと痛んだ。美樹が男だとばれると、シスターの結婚にも影響するかもしれない。

　——やっぱり、僕、学校を辞めたほうが……。

「沙亜耶ちゃんの天然っぷりも、シスターアグネスに負けないと思うよ」

「あーっ。まひるちゃん。ひどーいっ」

　いつもの様子で悲鳴をあげる沙亜耶を見ていると、張りつめていた気持ちがなごん

でいく。まひるはケラケラ笑っている。美樹も顔をほころばせた。

「みんなも、ちゃんと話せばわかってくれるよ。沙亜耶ちゃんもそう思うでしょ」

「美樹くん、園児を助けたじゃない。理事長賞の候補なんでしょ？　立派なことをし

たのよ。だから、絶対だいじょうぶだって。美樹くんがどんなに真剣に実習に取り組

んでいたか、みんな知ってるから。少なくとも、私は知ってるから」

　小柄な沙亜耶が、力づけるように背中を叩いた。美樹は泣きそうになった。まひる

が驚きを隠そうともしない口調で言う。

「沙亜耶さん、お姉さんっぽいっていうか、先生っぽいねー」

「そりゃ当たり前よ。上級生なんだもん。保母さんになるのが夢なのよ。うさぎさん～、うさぎさん～♪　お姉さん先生はいい先生になれるかな～」

沙亜耶は、Vサインを頭の上に乗せ、うさぎの耳に見立てておどけた。美樹は沙亜耶におじぎをした。

「ありがとうございますっ!!　沙亜耶さんっ」

「もう、なにを泣いてるのよ～。美樹くんってば。エッチな気分になっちゃったの？　セックスするなら部屋でしよう、ねっ？　まひるちゃんも行こうよ。それともまひるちゃんは私が怖いかな～？」

沙亜耶は、今まで観たことのない、ナゾめいた笑みを浮かべた。秘めた迫力を感じさせる怖い笑顔だったが、まだ動揺から抜けきれず、ぼんやりしている美樹は気づかない。

「こ、怖くなんかないもんっ!!」

ムキになっているようなまひるの声が響く。沙亜耶もまひるも、とてもかわいい。この二人が、美樹のせいで迷惑をこうむるかもしれないと考えると、目の前が真っ暗になる。

——やっぱり退学しよう。

思考力が低下して、考えることができなくなった美樹の脳裏に、退学の二文字がちらついていた。

☆

まひるの前で、思ってもいない光景が展開されていた。

――なんか意外……。沙亜耶さんって、こんな人だったの?

「うーん。まだぜんぜんだねー。舐めればいいのかな」

「えっ、沙亜耶さん。男が怖いんですよねッ!? む、無理はその、し、しないでくださいっ!!」

仁王立ちした美樹のスカートをめくりあげ、ボクサーブリーフの間から取りだしたペニスをしげしげと眺めながら沙亜耶が言うと、美樹が驚きのあまりおろおろと体を揉んだ。まだ勃起していないペニスが左右に揺れる。

「やんっ、わ、私もするもんっ」

沙亜耶の積極性にあっけにとられていたまひるは、沙亜耶の横に膝をつき、ペニスをぺろぺろと舐めしゃぶりはじめた。

「私、怖くないわよ。だって、このオチン×ンカワイイもん。ふふっ。ペロペロッ。ぺちゃっ、ちゅるるっ」

沙亜耶が言うものだから、まひるもムキになって舐めまわす。

「わ、私は美樹の奴隷だもんっ……ちゅぱっ、ペロッ！　ペチャペチャッ」

「ふふっ、私、美樹くんもまひるちゃんも好きだから、まひるちゃんは二人の共通の奴隷かな」

沙亜耶が淫靡《いんび》に笑った。

まひるが沙亜耶に対して培《つちか》っていた、静かで控えめな上級生、子供好きののんびり屋さんのイメージが、ボロボロと剝がれていく。

だが、考えてみれば、これは当然かもしれない。

沙亜耶には、美樹に夜這いをかけるほどの行動力がある。園児がジャングルジムから落ちたときも、美樹以外では沙亜耶だけが気づき、自らの安全も顧《かえり》みずに走り寄り、受けとめようとした。

園児が落ちたとき、まひるは気づいていながら金縛りにあったようになってしまい、声をあげることさえできなかったというのに。

「うふっ、まひるちゃん。そんなびっくりした顔をしないで……ちゅぱぁあっ、ちゅるちゅるっ」

沙亜耶は、美樹のペニス越しに、まひるの舌を舐めはじめた。片手を伸ばして、まひるのブレザーのボタンをはずして襟《えり》のなかに手を入れ、乳房をいじっている。沙亜耶は、乳首を指先で持つと、くるくると丸めるようにして揉みはじめた。

「おっきいおっぱいよねー。乳首硬いんだぁ。えいえいっ」

「い、痛いっ、や、やめ、やめて……」

払いのけようとした手をつかまれ、同級生たちに引っかかれて血がにじんでいる手の甲をペロッと舐められる。

「かわいそう。引っかきキズって痛いのよね。もう片方の手も貸してね」

沙亜耶は、まひるのスカーフをほどくと、あっという間に両手首を背中にまわし、後ろ手に縛ってしまった。

「い、いやっ、やめて。沙亜耶ちゃん、ど、どうしたのっ？　美樹、た、助けてっ」

とめてくれるはずの美樹は、まだショックから抜けでることができないようで、半勃起状態のペニスを出したままでぼんやりしている。

「な、なんでよっ。なんで縛らなきゃいけないのっ!?　沙亜耶ちゃんっ」

まひるはパニックを起こした。異常すぎるなりゆきに、どうしていいかわからない。

手首に蝶々《ちょうちょ》の形で結ばれたスカーフをほどこうとして、しゃにむに手を引っ張るが、よけいに硬く結ばれていくだけだ。

「あらぁ。だめよぉ～。四つん這いになりなさいね」

手を背中で結ばれると、もどかしいぐらいに行動が制限されてしまう。背中を軽く押されただけで、前のめりに手をついてしまった。

頬と膝で身体を支え、お尻を後方に突きだした、変則的な四つん這いの姿勢になる。背中の中央で、蝶々結びにされたスカーフがヒラヒラしている。

「さっ、美樹くん、やっちゃって」

「や、やるって、そ、そんな……なんでっ、やめてぇっ」

まひるはびっくりして起きあがろうともがくが、四つん這いになった背中に足裏がとんと乗り、容赦《ようしゃ》のない強さで押しさげてくる。

そして、じたばたと暴れるまひるのスカートをバッとめくりあげて、ショーツをずるんと引きさげる。

まだそれほど濡れていない、清潔そうな佇《たたず》まいの秘部とアヌスが現われる。パンティで温められていた女陰に感じる冷たい空気に、身体をブルッとふるわせたときのことだった。

「やめてっ‼　そんなことする沙亜耶ちゃんなんて嫌いよっ！」

バアンッ！

お尻の上で平手がはじけた。

「きゃっ！」

──な、なに？　なんなのっ⁉

平手でお尻を叩かれたのだとわかったのは、しばらくたってからだった。さっぱりわけがわからない。なんでお尻を叩かれなくてはならないのだろう。

叩かれる衝撃は、痛いというより熱いが、精神的なショックは相当なもので、まひるはあっさり悲鳴をあげる。

「痛いっ、痛いよっ、ど、どうして、そんなことをするのよっ。沙亜耶ちゃんっ⁉」

「だって、まひるちゃん、私を嫌いって言ったでしょっ。それに美樹くんが困ったことになったのは、まひるちゃんの失言が原因でしょ⁉」

「そ、そうだけど……」

まひるはガタガタとふるえだした。五度ほど炸裂した平手はやんでいたし、背中に乗っていた足も取り払われていたが、怖さのあまり身体がすくみ、暴れる気分にはとてもならない。

まひるは無力な子猫のようにふるえるばかりだ。

「怖い。沙亜耶ちゃん……いじめないで……」

人が変わったみたいな沙亜耶の行動に、なにをされるのかという恐怖が忍びあがる。

まひるはもう泣きだす寸前だ。

「ごめんね。まひるちゃん。怖がらないで……。だいじょうぶよ。ご主人様に愛してもらうだけよ……。私がちゃんとしてあげるから」

沙亜耶は、落ちてしまったまひるのスカートを背中のほうからもう一度めくりあげて秘部をさらすと、自分も四つん這いになってお尻の谷間に顔をつけ、大陰唇からお尻の上をぺろっと舐めた。

「あうっ……や、やめてぇ……沙亜耶ちゃぁんっ」

頬と肩と膝で身体を支えた変則的な四つん這いのまひるのお尻の谷間を、これもまた四つん這いになった沙亜耶が首を差し伸べて舐めている状態なので、自然と舌は膣口の上からアリの門渡《とわた》り、お尻の穴の上をヒラヒラと舐めまわす。

——な、なんて気持ちがいいの……。

「ふふっ、オマ×コのほうはトロトロね。ほぐさなきゃいけないのはこっちだわ」

「いやっ、沙亜耶ちゃん、そ、そんなトコロ……くっ、くうっ、き、気色わるぅいっ!!」

沙亜耶はなにを考えているのか、お尻の穴をペロペロと舐めしゃぶる。ヌメッとした熱い舌の感触が、ぞっとするほどの刺激を生み、背中がビクビクふるえてしまう。くすぐったさと気色悪さを覚えていたのははじめだけで、それがやがて麻薬のような快感へと溶けていく。

「ひっ、ひぃっ、やぁあぁっ、いやぁあっ」

アヌスのシワヒダの溝のひとつひとつに舌先のつぶつぶを入れて掃こうとするような、執拗《しつよう》なアナル舐めに、まひるはひいひい悲鳴をあげるばかりだ。

——ああ、どうしよう……気持ちがいい……溶けそうだよぉっ……。

——だめよ。まひる、しっかりしなきゃっ。

これは危険な快感だと本能が告げている。

——私のご主人様は美樹なのよっ。溺れちゃだめっ。

手首を結ばれているまひるは、床に頬をつけたまま、逃れようとして肩と膝でずっていく。

「アヌス、硬く閉じてるわね。くくっ、これでどうかしら……」

沙亜耶は、指先をブスリと差しこみ、腸壁のなかでウネウネと動かした。舐められるときはあんなにも気持ちよかったのに、苦痛と汚辱感と混乱で爆発しそうになった。

「や、やめてぇっ、気持ち悪いっ、痛い痛い痛いぃいぃいぃいっ!!」

沙亜耶は美しく笑いながら、指を二本添えて突き入れた。そして、ジャンケンのチヨキのように腸壁のなかで指を開き、尻穴を∞の形に伸ばす。

「静かにしなさい。お尻の穴の内側を爪で引っかいてやるわよ」

「ひッ!」

「あっ、キュッて締まった。怖かったの? ごめんなさいねぇ」

どういう身体の反応なのか、子宮と乳房の内側がキュンキュン疼いて我慢できない。

大陰唇は充血して熱く火照《ほて》り、愛液はもう垂れ流し状態で、床にとろとろと落ちていく。

愛液のミルク臭に、女子高生特有の酸っぱみのある汗の匂い、腋《わき》の下の匂い、さらに尻穴をいじられるようになってから香りはじめた有機臭が混ざり合い、ムッとなるほど濃厚な発情臭になっている。

沙亜耶は、指を三本に増やし、ヌポヌポと音をたてながら抜いたり突き入れたりを繰りかえす。

「うーっ、ううう－っ、い、痛いっ、痛いっ、怖いっ! やめてぇっ!!」

閉じた器官をムリヤリに開けられる感触に、冷たい汗がぶつぶつと噴きだす。ひどい粗相《そそう》をしてしまいそうで怖ぃ。

「いやっ、美樹っ、美樹ぃっ、助けてぇっ!!」

まひるは泣きじゃくりながら助けを求めた。


思わぬなりゆきに思考力が低下してしまい、事態をぼうっと見守っていた美樹は、まひるの泣き声にハッとした。

「な、なにをしてるんだ……沙亜耶さん。まひるをいじめるのはやめてくれ」

「ええ。もちろん」

沙亜耶はメガネの奥の瞳を細めてにこッと笑い、場所を譲る。

「ご主人様、どうぞ……奴隷のアヌス、いい具合にほぐれていますよ」

「沙亜耶さん。なんでそんな……なにを考えているんだ?」

「別になにも。ちょっとムカックかなっていうだけ」

「ムカックって、なにがだ?」

「まひるちゃんってば、露骨に私を嫌うんだもん」

「そ、そんなことは……昨日だって仲よさそうだったし……」

「ううん。私は気づいてたわ。まひるちゃん、私は邪魔だって思ってるわ。私はまひるちゃんが好きなのに。あ、でも、私は、美樹くんもまひるちゃんも、同じぐらい好きなのよ」

沙亜耶は、制服のボタンをぷちぷちとはずすと、乳房の谷間に手を当ててブラジャーのホックをはずし、乳房をあらわにさせた。

スカートに手を入れ、あっさりした仕草でショーツを脱ぎ捨て、軽く畳んで胸ポケットに入れる。

その状態であお向けに横たわり、背中とお尻でずりながらまひるのお腹の下へと潜っていく。そして、沙亜耶は、まひるの秘芽に吸いついた。

「ひゃうっ、や、やめてっ、沙亜耶ちゃぁあんっ、だめぇぇぇぇぇっ!!」

「美樹くん。まひるちゃんの顔を、私のアソコの上に来るようにしてくれない？　私もクンニしてあげるから、まひるちゃんにもしてもらうの」

「あっ、ああ……」

圧倒されてしまった美樹は、言われるままに沙亜耶のスカートをたくしあげ、まひるの顔を沙亜耶の女陰のすぐ上に来るようにした。

だが、まひるは、さすがに同性の秘部をクンニリングスする気はないようで、必死に顎をあげて顔をそむけ、女陰に顔をつけてしまわないようにしている。

沙亜耶はまひるの太腿に手をかけて大きく開かせながら、下のほうから秘芽をにゅるにゅると舐めていく。

「い、いやっ、あんっ、だめぇえっ……感じすぎるぅっ」

「ご主人様、まひるちゃんのお尻の穴、犯しちゃって」

「いやいや、やめてぇっ!!」

「えっ、そ、それは……」

昨晩のセックスでは、沙亜耶は下になっていて視界が塞《ふさ》がれていたはずだが、美樹がまひるのアナルに関心を抱いたことを、敏感に感じ取ったらしかった。

――どうしたらいいんだろう。

ノーマルなセックスだと、沙亜耶の顔のすぐ上でペニスを出し入れすることになり、陰嚢《いんのう》で顔を叩いてしまうだろう。

まひるの、魚の口のようにポッカリと開いたアヌスが美樹の目を射た。

お尻の穴の表面はくすんだバラの色なのに、内側の粘膜はどこまでも明るいピンク色だ。沙亜耶の同性ならではの執拗《しつよう》な拡張でひろがったアヌスが、少しずつ収斂《しゅうれん》していく。このチャンスを逃すと、もうアナルセックスはできなくなるかもしれない。

美樹は自分でペニスをこすって状態を整えた。まひると沙亜耶の淫靡《いんび》な絡み合いに興奮していた男根は、五度ほど手を前後させただけで、ぱんぱんに硬くなった。

お尻の穴に亀頭を当て、えくぼ状のへこみをきざんだ腰の脇をしっかりと持ち、身体ごとぶつけるみたいにして挿入していく。

「い、いやっ……やめて……そ、そんなこと……あぁああぁあっ、きゃあぁぁぁあ!!」

まひるの全身から汗がぶつぶつと噴きだして、体臭をいっそう甘く濃くさせていく。

お尻の穴はへこむばかりで、亀頭のエラの太いところが、なかなか奥に入らない。

赤い手形を浮かばせた尻タブが、あっという間に汗まみれになる様子を見ながら、美樹はぐいぐいとペニスを押しこむ。

ヌプッ！　と淫靡《いんび》な音がたち、ペニスが直腸粘膜に入りこんだ。

「うわっ、熱いっ、す、すごい、ううぅっ、うっ、うっ、ぷりぷりだっ!!」

先端が入るとあとはすぐだった。おもしろいぐらいに簡単に、奥へ奥へと入っていく。腸壁は、つるつるすべすべのゴムみたいだ。

「違うっ、すごいよっ。うっ、ううっ、ぜ、ぜんぜん、違うよぉっ!!」

直腸の感触はノーマルなセックスとはぜんぜん違っていた。つきたてのお餅《もち》というよりは、温めたゴムの感触だ。それがキュウキュウと締まってくる。

肛門括約筋の締まりのよさは膣の比ではなく、ペニスに痛みを覚えるほどだ。

美樹はたまらず律動を開始した。

「ひっ、ひあぁああっ、いやぁあ、苦しいっ……お尻、お尻が割れるよぉっ!!」

さっきまで動きをとめて身体を硬くしていたまひるが暴れはじめた。

「美樹くん、学校、辞めるつもりだったんでしょ？　辞めちゃだめだよ」

沙亜耶の言葉が胸の奥に染みていく。

美樹は、はっとして動きをとめた。

「辞めたら、私が、美樹くんの大好きなまひるちゃんをいじめちゃうわよ」

まひるがぴちぴちと暴れはじめた。


まひるはもうたまらなかった。

「いやぁあぁあっ!!　沙亜耶ちゃぁんっ、だめっ、ソコ、す、吸っちゃやだめぇええっ」

沙亜耶にクリトリスを吸いあげられるだけでも苦しいのに、お尻の穴を前後する灼熱の男根が、まひるの身体の奥を穿《うが》つたび、身体のなかにブワンとふくらむ排泄《はいせつ》欲求に割れそうな思いをする。

「痛いっ、だめっ、割れる、割れちゃうよぉっ。苦しいぃいぃっ」

はじめは苦痛だった。苦痛でしかないはずだった。

なのに、ペニスが引かれると、内臓が引っ張りだされて裏返しにされそうな気分になる。それははっきり快感で、空に飛びそうな気分になる。

「あんっ、気持ちいいのぉっ、いや、苦しい……飛んじゃうよぉっ……」

律動に合わせて、苦痛と快感、膨張感と開放感、突きこまれる苦痛と、引っ張りだされる感じが交互に襲う。なにがなんだかわからない。まひるは、美樹の突きあげに合わせてさまざまな音色を響かせる楽器だった。

「美樹っ、感じるっ……だめぇえ、苦しいよぉっ……ああっ、いいのぉっ」

腸壁には、膣と違って子宮という名の行きどまりがないから、驚くほど深くペニスが沈み、内臓を串刺しにして喉から先端が出てしまいそうな錯覚に襲われる。

尾骨の内側が熱く痒くなり、かきむしりたいほどだ。

「美樹くん、退学しないで。保育士は君の夢でしょ？　辞めちゃだめだよ」

沙亜耶が言った。まひるの直腸のなかで、ペニスがうなずくように腸奥をえぐる。

「ああ、辞めないっ!!　僕は学校をつづけるからッ!!」

そのとき、まひるのなかで別々に存在していた気持ちよさと鋭すぎる便意が、快感へと昇華した。

「あぁあぁっ。気持ちいいよぉっ。美樹ぃっ、もっとしてぇえっ!!」

まひるの尻タブと美樹の腰がぶつかる音、沙亜耶がクリトリスを吸うちゅぱちゅぱ音、粘膜がきしむ音が重なり合って淫靡《いんび》な音楽を奏でている。

ジェットコースターに乗せられて振りまわされている気分だった。目の裏で原色の星が飛ぶ。絶頂の前触れだ。星の色が赤なので、今日もまた失神するに違いない。

「呼び捨てはだめよ。まひるちゃんにとって美樹くんはご主人様でしょう？」

沙亜耶がたしなめた。

「ご主人様っ、イキそうですっ、いやしい奴隷の私に、ご主人様の精液をくださいっ」

まひるは沙亜耶に、あまりいい気持ちは抱いていなかった。レズ行為そのものは気持ちよかったが、美樹を取られた嫉妬《しっと》に、胸のなかがムカムカしていた。

だが、美樹に、学校を辞めないと言わせたばかりか、はじめてのアナルセックスをクンニリングスで甘く蕩《とろ》かせてくれた沙亜耶に、感謝の気持ちを抱いてしまう。

「沙亜耶ちゃん、好きよ……大好き……」

まひるは、心からの言葉をつぶやきながら、目の前の沙亜耶の秘部を直視した。大陰唇の中央に通るスリットがパックリ分かれ、ほころんだラビアの奥から、愛液がこんこんと湧きでている。頭がクラッとするほどの花の香りにどきんとする。なんてかわいくてエッチな形なのだろう。

まひるは沙亜耶の太腿の間に顔を埋め、ちゅるちゅると愛液をすすりはじめた。

「あんっ、舐めるだけじゃイヤッ、クリを吸ってぇっ!!」

69《シックスナイン》になった二人がクリを吸い合い、蜜液をすすっている。美樹がまひるのお尻を犯している。

先に絶頂を迎えたのはクリとアナルを同時に責められていたまひるだった。

ジェットコースタに乗せられて、振りまわされていたのが、空に向かって飛ばされた気分だった。グウッと空中に浮かびあがる錯覚に襲われる。目の裏でちらついていた赤い星が、大きなカタマリになって爆発した。

「あぁぁぁあっ、死ぬぅっ、イッちゃうっ、イクイクイクッ!!」

身体を激しくふるわせ、硬直する。

まひるのお尻を犯していた美樹も、肛門括約筋の収縮に悲鳴をあげた。

「うわっ、まひるっ、ううっ、締まるっ、うっ、うううっ!!」

ただでさえ締まりがよかった直腸粘膜がキュキューと締まり、一瞬、ペニスが動かなくなってしまった。

美樹は、抜こうかどうしようかと少しだけ迷ったものの、ペニスを腸奥深く押しこみ、欲望を解放した。

「いやっ、まひるちゃんっ、重いんだもの……」

沙亜耶がまひるの下から、ずるずると這いでてきた。まひるはもうすっかり失神してしまっていて、力なく腹這いになってしまう。

まだ射精の最中のペニスが抜けた。まひるの腸液に汚れたそれを、沙亜耶はためらいもせず口に含み精液を嚥下《えんか》していく。

「んっ、ちゅぱっ、あぁ、美樹くぅん……ちゅるるっ、ごくっ、ごくごくっ」

射精の瞬間のカッとくる気持ちよさが、ゆっくりゆっくり引いていく。

まひるは失神してしまっているし、沙亜耶はペニスに愛《いと》しそうに頬ずりしている。

美樹は静かな口調で言った。

「僕は学校を辞めない。男だって皆に言うよ」

エピローグ　今夜もいらっしゃい？

「城島美樹くん。理事長賞、おめでとうございます」

「ありがとうございます」

ズボンにブレザーというフロリナの男子生徒用の制服を着た美樹は、賞状を半分に丸めて左脇に挟み、右手を伸ばして演台の向こうに立つ理事長と握手をした。

講堂を埋めるフロリナの生徒たちの間から拍手が響き、美樹の功績を称《たた》える。

――美樹くん、カッコイイよね。

――うん。城島くん、すごくハンサムで綺麗だよね。背も高くなったし、アイドルみたいだよね。

女子生徒の間からもれるささやき声が、舞台の上の美樹の耳にも届いている。アイドルみたいというのは誉めすぎだと思うし、背も伸びたわけではない。自信がついたせいで姿勢がよくなり、背が高くなって見えるのだろう。

美樹が男性であったことは、問題にはならなかった。

寮母も寮生も、美樹が女だと思っていた、男とは知らなかったと言ったのだ。美樹だけが一人部屋を使っていて、部屋に内鍵がついていたことも、二人の証言を強化させる働きをした。

なによりも説得力があったのは、美樹の実習や勉強における真剣な取り組みだった。数人いる実習の指導教官も、ひまわり保育園の保母たちも、優秀で熱意にあふれた生徒の将来を摘むなと訴えたのである。

あの尊大だった事務局長は間違いを認めて美樹に謝罪し、美樹は男子生徒としてフロリナに通っている。

もちろん更衣室は別で、体育の授業の際、美樹だけは男子用更衣室を使っている。共学になって間がないフロリナの男子生徒は一割もいないので、男子用トイレも男子用更衣室も、ぴかぴかで機能的だ。

なでしこ寮は閉鎖され、取り壊されるときを待っている。シスターアグネスは実家から学園に通っている。結婚がどうなっているのか美樹は知らない。だが、シスターは、結婚するにしろしないにしろ、ずっと保母さんをつづけていくに違いない。

舞台と平場をつなぐ階段を降りていくと、まひるが美樹に向かって片目をつぶって見せた。まひるの唇が動く。

——来てね。

美樹は軽くうなずいた。

まひると沙亜耶は、二人で一緒にアパートを借りてシェアしている。寮費が安かったなでしこ寮に比べると家賃はあがってしまったが、家賃も水道光熱費も半分なので、負担の増加はそれほどではない。

美樹も学校の近くに安いアパートを借りた。まひるたちの部屋の斜め前になってしまったのは偶然だ。

——おいわい。

まひるの唇が再び動く。

——おいわい、お祝いかぁ。うわぁ。今晩、すごいことになりそうだなぁ。

美樹がまひるたちのアパートを訪問するときは、三人でいちゃいちゃして楽しむことになっている。

まひるを奴隷に見立てて沙亜耶と二人で責めたり、団子の串刺しをして楽しんだり、二人一緒に奉仕してもらったりする。

――今日はあれを使ってみるかな。

双頭のバイブをネット通販で購入したばかりだ。どれほど濃厚なプレイになるかと思うと、わくわくと胸が弾む。

ペニスが制服の内側で勃起したが、フロリナの男子生徒の制服のブレザーの裾は長いので、誰にも気づかれないはずだ。

沙亜耶がメガネの奥の瞳を細めながら美樹を見た。壁際に立つシスターアグネスがやさしそうな笑顔を浮かべながらウンウンとうなずく。

皆の拍手が、温かく美樹を包む。

美樹は、自分の席に向かって背を伸ばして歩いていった。

美少女文庫
FRANCE SHOIN

なでしこ寮《りょう》へいらっしゃい♥

著者／わかつきひかる
挿絵／神無月ねむ（かんなづき・ねむ）
発行所／株式会社フランス書院
〒102-0072　東京都千代田区飯田橋 3-3-1
電話（営業）03-5226-5744
（編集）03-5226-5741
URL http://www.bishojobunko.jp

印刷／誠宏印刷
製本／宮田製本

ISBN978-4-8296-5787-4 C0193